VICTORY NOVELS

超時空AI戦艦「大和」

❷無人攻撃隊突入せよ!

橋本 純

電波社

この作品はフィクションであり、登場する国家、団体、人物などは、
現実の国家、団体、人物とは一切関係ありません。

もくじ

超時空AI戦艦「大和」(2)

無人攻撃隊突入せよ！

プロローグ……7
第1章　キングチェーサー……11
第2章　トリックゲーム……75
第3章　ネバーステイネバーダウン……135
第4章　ギガントハンター……201

プロローグ

アメリカ合衆国、ワシントンDCの下院本会議場において海軍のウィリアム・ハルゼー少将の罷免に関する聴聞会が開かれたのは、一九四二年四月一八日の事であった。

先のトラック急襲作戦での味方航空機部隊をすべて置き去りにして撤退したことが、敵前逃亡罪の適用に妥当かという聴聞が行われたのだ。

当のハルゼーは、ハワイに戻ったところで逮捕され、空路でこのワシントンまで送られてきており、海軍省内部に軟禁されていた。

聴聞会でハルゼーは空母を無傷で救ったことを力説し、航空機と乗員の損失は致し方なかったのだと自己弁護して、消極的ながら無罪を主張した。

しかし、議員たちの追及は厳しく、たった一日の強行スケジュールで開かれたこの聴聞会の結果、ハルゼーの身柄は軍事法廷に送られ、その裁判において処遇が決定することになった。

「馬鹿げている。味方兵士を見捨てたのは確かだが、司令官としての権限を逸脱した行動ではない」

二月に新たに太平洋艦隊司令官に任命されたばかりのニミッツ大将は、空母の運用にもっとも長けた人材であるハルゼーが手駒から外れるのを嫌い、彼を擁護する発言を繰り返した。

だが、そのニミッツの元にワシントンの海軍長官から親書の形で、ハルゼーの援護をやめるようにという要請が届いた。

「彼はもう死に体だ。今、彼を指揮官に戻すことに賛同する議員はアメリカには皆無だろう。ここは軍法の下で公正に裁きを受けてもらい、その責任を全うする以外に彼のとるべき道はない」

キング長官の言葉に、ニミッツは激しい苛立ちを覚えた。

戦争という非常時において、こんな政治家の茶番に軍人が翻弄されるのは間違っている。

ニミッツは密かに、ルーズベルト大統領あてにハルゼーの恩赦を求める手紙を送った。

だが、これは完全に黙殺されてしまった。

ハルゼーに裁判による処遇をもっとも強く求めていたのが、ほかならぬ大統領であることをニミッツは知らなかったのだ。

調整の結果、ハルゼーの裁判は五月二五日に開廷することになったが、この四月半ばを過ぎようという時点でも、彼の弁護にあたる人間は選出できないでいた。


こうしたアメリカでの動きは、日本が密かに作り上げた情報蒐集機関によって日をおかずに日本へと伝えられた。

当然この動きは、戦艦大和のYT予測室へと送られてくる。

報告を受け取った鷹岳省吾《たかおかしょうご》特務少尉は、複雑な気分でこの情報を入力のためのデータ化に取り組んだ。

その鷹岳に、YT予測室のメンバーである細野《ほその》特務曹長が声をかけた。

「鷹岳さん、今作っている新しい機械言語のほうは、いつごろYT予測機に入れられそうですか」

鷹岳は「ああ」と言って、手元のノートを取り出した。

「機械言語の入れ替えは大仕事になるから、船が呉に着いてからになると思うよ」

ＹＴ予測機は、鷹岳と田伏雪乃《たぶせゆきの》の理論によって組み立てられた唯一無二の機械で、その理論回路のプログラムには独自の機械言語、仮称鷹岳スペルが用いられている。しかし、機械の拡張設計が進んでいくに従い、より複雑なプログラムに対応できる新言語が必要となり、研究室では別班を使って、その開発に取り組ませていた。

その新機械言語がようやく完成したのだが、果たしてうまく機能するか実際に走らせてみないと判らない部分が多かった。

そこで修理と新兵器装着のために、呉に向かう事になった大和は、その入港後の安全な状態で入れ替え作業を決行することにしたのである。

「了解です。ところで、えらく思いつめた顔をしてましたが、何かあったんですか」

細野が心配そうに鷹岳に聞いた。

「ああ、たいしたことじゃないよ。アメリカでトラック攻撃の途中で逃走したハルゼー提督が、軍事裁判にかけられるという話が入ってきたので、それについて考えていたんだ。令和の過去世界では、終戦まで第一線で活躍した人物なんでね、その退場はこの先の戦局にどう響くのかなって」

「なるほど、たしかに興味深いですね。歴史がどんどん変わっていってますから、もう未来から託された情報にすがるのも無意味になってきています。戦局の鍵を握る人物も、この先どんどん入れ替わっていくんじゃないでしょうかね」

これを聞いて鷹岳が頭を掻いた。

「普通そう思うよね。私もそうじゃないかなって思ったんだけど……」

語尾が言いよどむ。

「え？　違うんですか」

「まだわからない。でもYT予測機は私の思いとは違う予測を吐き出してくるんだ」

そう言って鷹岳は、新しい戦況予測の打ち出し用紙を手で叩いた。

「ううん、人間の勘と機械予測ではかなりずれがあると思いますし、実際に時間が経過しないと判らない部分は多そうですね」

「ああ、とにかく少しの見逃しもないように、敵の状況をYTに与え続けよう」

「ところで、変わった作戦指示が弾き出されたって聞きましたが、それはどうなってます」

「ん？　あれは、海軍ではなく陸軍に託すしかない案件なので、室長に丸投げしたよ」

「ほう、YTが自ら陸軍の細かい動きに関わってきましたか。おもしろい」

自分も研究者である細野が、興味深そうに目を細めた。

「でも、この提案を陸軍が実行し、成功してくれれば、ますます戦争の行く末は、令和からの情報では予測もつかない方向へと転ぶだろうね」

「そんな大きな転換が予想される作戦案なんですか？」

鷹岳が大きく頷いた。

「まあ、普通の人間なら絶対に進言しないだろうね。YTだからこそ選出した作戦だよ」

そう言うと鷹岳は、壁に貼られた太平洋の地図に視線を向けた。

「将棋なら王手で詰むけど、その先までゲームを要求しているようなもんだからな」

複雑な表情の鷹岳が睨んでいたのは、フィリピンであった。

第1章　キングチェーサー

1

令和世界は夏を終えていた。ここと繋がる昭和世界とは明確なずれが生じているのだ。

その日、田伏由佳《ゆか》は、高円寺の町中に居た。

ここである人物と待ち合わせをしているのだ。

待ち合わせ時間きっかりに現れたその相手は、ぼさぼさの頭によれよれのカッターシャツという、お世辞にも身なりの整った相手ではなかった。

「田伏さんですね、お待たせしましたかね。渡会《わたらい》達雄《たつお》です」

渡会と名乗ったそのむさくるしい風体の男は、背中の大きなリュックを背負い直しながら由佳に言った。

「よろしくお願いします。R大学新井《あらい》研究室の田伏です。では、近くの喫茶店でも行きましょうか、渡会先生」

二人は連れ立って駅近くの喫茶店に入っていった。

あらためて挨拶をかわし、運ばれてきた飲み物に手を付ける前に、由佳は話を切り出した。

「渡会先生の最新刊を読ませていただきました。その上でお伺いしたい話があります」

「若いお嬢さんが、私の書くような軍事評論に興味があるとは意外ですな」

渡会は照れたように笑った。

彼は日本では名の知れた軍事評論家であると同

時に軍事研究者でもあり、最新の米軍の機密解除文書などを基に、太平洋戦争を見つめ直した本を上梓したばかりだった。

「実は先生にお聞きしたい事は一つだけなんです」

「ほうほう」

由佳の言葉に頷きながら渡会は、コーヒーに砂糖を二杯入れてかき混ぜた。

しかしその手は、由佳の言葉を聞いた途端にピタリと止まった。

田伏由佳はこう聞いたのだ。

「日本を太平洋戦争に勝たせるには、どうしたらいいのですか」

コーヒースプーンを握ったまま渡会は固まる。

そして由佳の表情をじっと見つめた。

これ以上ない真剣なまなざしがそこにあった。

この女子学生は、本気でこの質問をぶつけてきている。それが渡会にははっきり感じ取れた。

軽い気持ちでの質問でなら、いつものようにこう切り返しただろう。

「無理だ」

この一言に、彼の長年の研究の成果が含まれている。

昭和前半の日本の経済力、工業力、その総合としての国力すべてを加味して判断すれば、あの戦争に勝てる見込みはほぼゼロなのだ。しかし、ただ否定するだけでは、彼の研究者としての意地が廃《すた》る。

そもそも相手が、ノー以外の返答を期待して質問してきているのは明白だ。

そこで渡会はこう切り返した。

「その勝つと言う意味合いは、どこに着地点を見出すべきですかな。アメリカを屈服させ降伏させるのか、和平に持ち込むのか、それにしても対等和平なのか、長期停戦を含む戦争停止なのか、考え方で答えは変わってくる」

　由佳は小さく頷いた。

「ごもっともです。では単純にこうしましょう。日本の国土に被害を及ぼす前に戦争を終わらせるには、どうしたらいいのか」

　渡会はコーヒーを混ぜるのをやめ、両腕を組んで「ほう」と感心した風に声を漏らした。

　この子はかなり太平洋戦争を勉強していそうだ。そういう手ごたえを強く感じての声だった。

　少し考えてから渡会は語った。

「戦術的に、日本がアメリカの作戦を封じ続け、著《いちじる》しくその侵攻を遅延させる。それによって継戦に対する疑問や忌避の感情をアメリカ国民全体に共有させ、そこに和平の端緒《たんしょ》を見つける。実に難しい話ではあるが、これが出来うる最大限の方法だろうな」

「つまり先生は、短期決戦ではなく長期の戦争が鍵だと仰るのですね。しかし、それでは日本の国力が底を尽きますよね」

「そうだね、だからこの路線を貫くには、資源の確保が最優先となる。総合的に判断すれば、過去の日本が取ったような無秩序な戦線拡大は、この必要な資源確保への戦力集中を不可能にする。まず重要なのが、情報の共有と目標の統一だ。言っている意味は分かるね、大本営の下で日本陸軍と海軍が単一の目標に向け作戦を行なう……当時としては間違いなく不可能な事が前提になってしまう。つまり、答えありきで筋道を立てても、結局は無理だと言う結果になる。だから、あの戦争に日本を勝たせるのは不可能なのだ」

「そうですね、陸海軍の協力体制という大きな問題は外せません。しかし、そこを乗り越えれば、活路はあるとも言えませんか」

食い下がる由佳に、渡会は首を振ってみせた。

「もう一つ、大きなネックがある。用兵思想と防諜意識だ。日本が負けないためには、確実に欧米の作戦を封じていかねばならない。だが、当時の軍の使い捨て思想と言うか、兵士を消耗品と考えるような戦い方では、物量に守られ、かつ兵士の人命を尊重するアメリカ流の前には敵《かな》いはしない。最低限、捕虜になっても味方の情報を漏らさない草の根教育は必要だ。しかし、付け焼刃でこれを行なっても、そうそう浸透するものではない。それに、国内の防諜もザル同然だった。これもまた、憲兵の強化とかだけで対応するのは難しいだろう」

「国民意識全般の改革が必要だというわけですね。なるほど、そんな事、一朝一夕で出来ませんね」

「その通り」

すると由佳は急に違う話を振った。

「もし仮に、過去の日本に先進テクノロジーの供与があり、それを利用して有利に作戦を進められたり兵器の開発が出来るとしたら、状況は大きく変わりますか？」

渡会は一瞬きょとんとしたが、すぐに唇の端に笑みを浮かべて答えた。

「SFですな。まあ真面目に話を振っておいでだとしたら、こうお答えしましょう。それでも戦争に勝つのは難しいと」

由佳の表情が険しいものに変わった。

「その理由を教えていただけませんか」

「そうだね、まず仮に日本が原爆の開発に着手したとしよう。しかし基礎工業力の差で、アメリカのほうが早くこれを実用化する可能性は否定できないし、たとえ日本が先手を打っても、アメリカもまた原爆開発を止めるはずがなく、これは核戦争の危険をはらむ。相互で核の応酬となれば、戦争を停止するのが難しくなり、日本の勝利は遠のく」

「では、原爆の開発前に戦争を終結させなければ駄目という事になりますね」

「そう、しかし、たとえテクノロジーで優位に立っていても、結局戦場での絶対優位は保証されない。それは現在の戦争、ウクライナやパレスチナのそれを見ても判ると思うが、戦術的な判断一つで戦局は左右される。まあ、より分かりやすく言えば、ベトナム戦争での北ベトナムの勝利がその典型だね」

由佳は頷いた。

「そうなると原爆は切り札として機能しなくなりますね。戦場での予測がどこまで可能かで戦術的失態は避けられても、勝ち切るには基本戦力が大事になります。そう考えると、兵器の質的問題はかなりしっかり押さえないと駄目ね。当然、兵士の救命などにソースを割かせる努力も……」

最後のほうは明らかに独り言になっていた。

しかし渡会は、由佳の言葉に興味を持ったようだ。

「シミュレートしているのかな、太平洋戦争について」

「あ、はい」

反射的に由佳は答えたが、内心ではこう思っていた。

今この瞬間も、省吾さんは戦場に立っているかもしれない。あの世界の人たちは、今まさに戦っているのだと。

田伏由佳が、昭和世界と関わって二年以上が過ぎようとしている。

様々な計測で、彼女が再接触に成功したあの世界は、自分たちとは違う時間線に突入し、次元を違えた歴史に突入したが、その歩みはほぼ令和の由佳が過ごすそれと同じ、おそらくわずかに時間の進行に差異が出ているはずなのだが、体感としてはこちらが一日過ごす間にあちらも一日が過ぎているという感じであった。

そもそもの接触点からこの関係は持続しており、タイムマシンの稼働によって次元分岐が生まれた後も、再接触した時間を計算すると、ほぼ並行して時間が過ぎていた。

今現在、由佳は何とか戦争を日本有利に終わらせるための研究を必死で行なっている。

渡会との面会も、その一部だった。

彼女は今日まで十人以上の軍事専門家から、日本を太平洋戦争で勝たせるためのヒントを得ようと面会していた。

由佳はそこで得た知識を大学の生成AIに叩き込み、日本を勝たせるための最適解を得ようと日々研究を重ねていたのだ。

昭和世界との再コンタクトには成功したものの、その通信はかなり不安定で、いつ途切れるか判らない。

悠長に説明をしている余裕はないであろうし、何よりまた相互の世界の位相が大きくくずれて、接触自体が途切れる危険が常に付きまとう。

そこで由佳は、これこそ決定版とも言える救済策を見つけるまで、戦争の行方を示唆《しさ》するような指示は送らないと決めた。

あちらの世界の戦況は、由佳の曾祖母にあたる田伏雪乃から伝え聞いている。

　これまでは軍事専門家に対して一方的に話を聞くだけに徹してきたが、今回はあえて渡会に高度な質問をぶつけることにした。

「先生、申し訳ないのですが、今から説明する戦況と世情を考慮した上で、一つシミュレートをしていただけませんか」

「ほお、おもしろい。まあ図演とかは嫌いじゃない。どんな状況なのかな」

　そこで由佳は説明を始めた。

　日本は対米開戦にあたり、宣戦布告と実際の攻撃が前後しないように、攻撃開始の三〇分前に真珠湾に向け攻撃開始を事前通告し、その結果、史実の損害の倍近い未帰還機を出しながらも、敵戦艦のほとんどを行動不能に追い込み、さらに空母一隻を大破させた。

　さらに爆撃隊は、執拗に真珠湾の給油施設を叩いた結果、米太平洋艦隊に供給可能な燃料はほぼ枯渇し、真珠湾の母港としての機能は、油送と修理が軌道に乗るまで極めて制限されたものになった。

　このため、米は早期の対日反撃に大きな支障をきたし、日本本土爆撃作戦の実行は不可能となった。

　さらに日本は、真珠湾攻撃と呼応するはずだったマレー上陸を延期し、先延ばしした作戦と同期して、戦艦部隊による英東洋艦隊撃滅を企画。実際に最新鋭戦艦大和《やまと》まで投入し、プリンスオブウェールズとレパルスを撃沈した。

　日本軍はマレー半島の攻略を後回しにしてシンガポールを攻撃し、早々にこれを占領。マレー半島に逃亡した英連邦軍は、シンガポール方面とタイ経由で陸路を進んだ日本軍に挟撃され、圧迫されつつある。

同時期に行なわれたフィリピン攻略戦では、あっさりルソン島の占拠に成功するも、南部に逃れた米軍には強い圧力をかけず、いまだミンダナオ島などに勢力を残したままとなった。

一方、対オランダ戦では、陸海軍共同で細かい上陸作戦と空挺作戦を駆使し、ボルネオ西部を制圧して、ここを足掛かりに産油地帯を一気に占領。製油施設の大半を手中に収めた。

この間に米軍は反撃として、空母部隊による日本のトラック島奇襲作戦を行なったが、日本側は事前にこの攻撃を察知、被害を最小限に抑えると同時に、カウンター攻撃を加えようと、温存していた予備空母部隊に敵機動部隊への追撃を差し向けた。

だが、米軍はここで、すべての艦載機を見捨てるという常軌を逸した行動で攻撃を逃れ、空母を無傷で温存した。

「この状態から、次の一手を考えてほしいのです。無論、日本が負けないために」

話を聞いた渡会は、うーんと唸り、しばらく腕組みをして考え込んだ。

「おもしろいシナリオだね。普通なら考えないような展開だ。しかし、これこそ起こりえるかもしれない戦況だよ。マンファクターを含む意外な展開か。これは少し研究した上でないと、簡単には返事できないね。この話は一度持ち帰ってもいいかな」

「もちろん、かまいません。ぜひ真剣に検討して御返事をお願いします」

この日はそれで二人は別れたが、二日後に渡会は律儀に戦況を鑑みた次の一手に関する考察を、箇条書きにしてメールしてくれた。

「なるほど、消耗戦になれば、どんどん勝機は遠のく。それはその通りね。これまでも兵器の質の向上で戦局に変化を期待するような話をしてきた人は居たけど、ここまで具体的に兵器をリストアップして話を絞り込んできた人は居なかったわ。これはトライしてみる価値あるわね」

由佳はすぐにこの渡会の作戦案を、大学のスーパーコンピュータの人工知能に放り込み、その成否に関しての演算と、ＡＩ独自の考察を添えて出力させた。

それは、今まで出してきたどの案より、戦略的に優れたものであることが判った。

「見えたかもしれないわ、これという筋道が」

由佳はパソコンに向かい、ＡＩの導き出した作戦案を清書し始めた。

そして、納得できる内容の書類が出来ると、それを見つめ呟いた。

「さあ、過去にコンタクトを取りましょう」

令和六年の世界から、田伏由佳は昭和一七年に向け連絡を取るべく動き出した。

公表すれば世界がひっくり返りかねない今のこの状況は、いまだに彼女の研究室だけの秘密となっている。

教授をはじめ研究陣は、すべての推移を見定め、あの世界の太平洋戦争が帰結するまで、この過去との密接な繋がりを、最優先の機密事項とする事を決めていたのだ。

研究室の合言葉は「必勝日本」。

由佳を筆頭にスタッフたちは、田伏雪乃の願望である日本の勝利を、最終の目標として日々研究を行なっていたのであった。

2

昭和一七年四月下旬、連合艦隊旗艦の戦艦大和、その艦内に人工知能を有するこの世界最大の機密兵器は、日本へ戻り、横須賀を経由したのち呉のドックに入渠した。

トラック沖海戦で受けた傷の修理と、ようやく完成した艦載式の電探を装備するためだ。

開戦からいっさい休みなしで大和の人工知能と向き合ってきた鷹岳省吾は、本当に久しぶりの休みを取り、広島の町へ出かけた。

実はそこに、軍務で田伏雪乃が訪れており、時間を合わせて落ち合い、茶をする約束を交わしていたのであった。

彼女と顔を合わすのは、ほぼ半年ぶりであった。

「省吾はん、すこしやつれはった？　ちゃんとご飯食べてはるの？」

相変わらず色白の優男を前に、雪乃はずけずけと言い放った。

「大丈夫、きちんと三度三度出された食事は、平らげてるよ」

「ほんまかしら、機械にかかりっきりで食事忘れてるんちゃいます。心配やわ」

「大丈夫だってば。それより、雪乃さんは今回新開発した各種の電波探知機を、海軍と陸軍双方に納入するために来てるんだよね。大変じゃないかい」

「そやね、うちの研究所で開発したトランジスタのおかげで、電探の開発もあっという間に進んでもうて、対空用と対艦船用だけやなくて気象用に使える時間差式のものまで完成したやろ、この取り扱いの説明だけで、てんてこまいや」

「凄いな、第四研究所は。新兵器に必要なものをどんどん生み出している」

「それもこれも由佳ちゃんのおかげやけどね。再接触できたおかげで研究所は大忙しやわ」

　二人は、未来との接点にもっとも近い人物だ。当然未来人である田伏由佳については熟知している。だが、それは日本軍において、いや日本という国家において、秘中の秘とでも言うべき事案であった。

　その証拠と言うべきか、実はこの二人の久方の逢い引きには、数名の特務憲兵が私服で尾行同道しているのだった。

　すべては、田伏雪乃という最重要人物を守るためである。

「今はどんな研究をしているんだい？」

　単純な好奇心から鷹岳は聞いたが、もしここに敵のスパイが居たら、間違いなく聞き耳を立てたであろう。

　雪乃はとんでもなく重要な発言をした。

「何種類かの飛行機の図面を引かせてるわ。これまでに無かった形の飛行機ね。それと、そのエンジンについても」

　この辺の機械については、鷹岳は門外漢である。なので、単に聞き流すにとどめた。

　しかし、この雪乃の発言には、戦局に大きく関わる内容が含まれていたのだった。

「航空機は門外漢だ。というか、兵器全般ど素人なのに、戦艦に乗って戦場に出ている。俺はこの先どうなるんだろうな」

「大丈夫、きっとＹＴ予測機が戦争を勝たせてくれるはずや。由佳ちゃんの言葉を信じるしかあらへん。ああ、そう言えば、その未来から戦況予測の報告が届いてるのは知ってはるわよね」

雪乃の言葉に鷹岳は頷いた。

「ああ、すでにYT予測機でも検算したけど、かなりの確率で、米軍がこの予測に近い反撃を開始するという結果が出た。今回は大和は出撃しないけど、雪乃さんが開発した長距離通信機を使って、戦場の機動部隊と大和の予測室を繋ぐ予定になってる。これが成功すれば、貴重なYT予測機を最前線まで運んでいく危険を冒さなくて済むようになるはずだ」

「そやね、不沈艦言うても、ほんまに沈まへんわけちゃう。うちらの見たあの由佳ちゃんの世界の大東亜戦争では、大和は九州沖で爆沈してるんやし」

そこで鷹岳が、慌ててきょろきょろと甘味屋の店内を見回した。

「どないしたん？」

雪乃に訊かれ、鷹岳は頭を掻いた。

「ちょっと迂闊《うかつ》に話しすぎたかなって思ってね。大和が沈むなんて話を、一般の水兵の耳に入れたりしたら大変なことになる」

しかし雪乃はケロッとした顔で言い放った。

「ええんちゃう」

「え……」

鷹岳が目を真ん丸にして口をポカンと開いた。

「どうせもうこの世界は、由佳ちゃんの世界線から外れて、誰も知らない歴史の中に突入してるんやから、多少あの世界の未来が知られても影響を気にする必要はあらへん」

「それはそうだけど」

本当にそれでいいのだろうか。鷹岳は考え込んだ。

二人の言う通り、この世界の歴史は改変された。

このため、一度は田伏由佳の住む令和世界線との接触は次元位相のズレから閉ざされた。しかし、令和世界の技術力は、物質的移動を伴わない音声と画像による再接触を果たしてみせた。

この四月頭から、雪乃は不定期ながら未来との交信を行ない、新たな技術導入と戦局に対する提言を受けていた。

鷹岳の居るＹＴ予測室も、この未来からの情報を戦術に反映させるため情報共有している。

それでも、その未来から来た膨大な技術データは、彼の専門外の事象も多く、完全に把握しているとは言えなかった。

このまま令和世界に助けられ、戦争を乗り切る。

雪乃はそこに何のためらいも感じていないが、鷹岳は少なくない不安を抱いていた。


どこかで予想を超えるしっぺ返しを食らう……そんな漠然とした不安が、常にあるのだった。

「ところで雪乃さん。この後、あなたの予定はどうなってます？」

鷹岳の上陸許可はこの日の夕刻まで。戻ればまた忙しい軍務に明け暮れなければならない。おそらく、雪乃との接触も手紙以外は難しくなるだろう。

「一度、名古屋に向かいます。それから今度は群馬の太田です。両方飛行機会社への訪問やわ。ここ来る前も、九州の小さな会社に行ってたんよ。これまで軍用の航空機は作ってきてないって話なんやけど、由佳ちゃんからそこの会社を指名してきてたから、言われた通りに資料と図面を渡してきたわ。なんでも、基礎研究まで終わった段階の資料やから、明日からでもまずグライダーの製作に入れるって話やったわ」

鷹岳が、ほおと呟いてから言った。

「未来からの直接指名か、きっと何かあるんだろうね。どんな飛行機なんだろう」

「そやね、向こうからの指示は最初、なんのこっちゃわからへん事が多いけど、実際にあちこちで出来あがったもの見ると、納得させられるわ。電波探知機もそうやけど、例の信管は、早く実用化するよう口が酸っぱくなるくらいせっつかれてるわ。九州に持っていった図面は、局地戦闘機言うてた。空母に積めへん飛行機やったわね」

「ああ、陸上基地でしか使わない戦闘機が、局地戦闘機だったはずだ。それより気になるのが信管だ。本来は、日本がマリアナ沖で見舞われるはずだった近接作動信管のことだろう」

「そうそう、それそれ。地味かもしれへんけど、これが日本が戦争で負けないための最低条件なんやって言い切られたわ」

「それで、その信管の進捗状況はどうなってるの」

「うん、たぶん夏までには完全実用化してるはずやわ。内蔵する小型電波発信機の専用工場を、京都の近くに作っているはずやから、大量生産はそれが出来てからやわ。今は、久里浜の海軍工廠で試作品を作って、もうどこかの部隊に運んでるって話やで。すばやいでしょ」

「それはよかった」

令和の過去世界昭和で、アメリカに日本が完敗を喫したマリアナ沖海戦。その勝敗の鍵となったのが、アメリカが開発したＶＴ信管。まさに、雪乃の率いる第四研究所が開発している近接作動信管と同等のものが、日本海軍機動部隊の息の根を止めた。

最低限、これと同じ装備を持たなければ、これから先の空母決戦で、日本はどんどん不利に追い込まれる。

　令和の田伏由佳は、最初の接触段階から強くこれを指摘し、艦隊防衛のための近接作動信管と、さらに航空機自体の進歩を雪乃に要求してきた。

　現在の新兵器開発ラッシュは、この未来からの干渉を日本海軍がよしと認めたから起きている現象で、その開発の背景には、未来からもたらされた情報が横たわっている。

　現在、大和の取り付け中の電探も、未来からの助力なしには作りあげることの出来ない複雑な三次元レーダーだったし、そのレーダー技術を応用した航空機の自動慣性誘導装置の開発までもが、最終段階に漕ぎつけている。

　実は、先のシンガポール決戦に海軍陸攻隊が積極参加しなかった背景には、部隊の大半がこの技術改変の最中だったのと、機体そのものが新型のそれに切り替わるタイミングと重なってしまったという裏事情があった。

　今、三菱でロールアウトが急がれ各部隊に配られている一式陸攻四三型は、エンジンだけでなく機体の設計も完全に見直され、もはやまったく別物と言っていい機体に生まれ変わっていた。

　まず何より、その防弾性能には特筆すべきものがあり、エンジンには自動消火装置も組み込まれ、落ちにくい頑丈な機体という評価がすでに上がってきていた。

　三菱ではこの生まれ変わった一式陸攻に、一式陸攻改の名称を与えたかったが、海軍が首を横に振り、形式上、四三型として受領されている。

　もっとも現場部隊では、これを新陸攻と呼んでおり、従来の二一や二二型と、完全に区別していた。

飛ばしてみた操縦士は口を揃《そろ》え、機体の剛性が上がった事に驚きの声を上げている。

この機体の強靭さは、ほぼすべての機種に対し求められた課題で、未来世界からは、早期に主力戦闘機である零戦からの脱却が求められていた。もっともその零戦も、すでに令和の過去世界のそれとは別物の、装甲のある強靭な機体に出来上がってはいた。

今回の出張で、雪乃が名古屋の三菱や群馬の中島飛行機を訪問するのも、新型戦闘機に関する資料提供と開発の指示のためにほかならない。

「とにかく、これからもお互い忙しくなると思う。早く戦争を終わらせるため、頑張ろう」

鷹岳と雪乃の間に流れる空気は、恋人のそれとは違う、運命を共にする同志のような独特の雰囲気があった。

「省吾はんも、ＹＴ予測機の子機の開発を頑張ってちょうだい。入力が早うなれば、演算結果もどんどん正確になっていくはずやし」

「ああ、頑張るよ。ああ、いけない、お汁粉が完全に冷めてしまった」

二人は苦笑しながら冷めたお汁粉を食べきり、そそくさと店を後にした。

結局、この日の逢い引きは、恋人らしい語らいのないまま広島駅前でお開きとなった。

二人は別れた後、それぞれの所属する海軍の関連施設へと戻る。

現在特務少尉の鷹丘省吾は、日本海軍初の女性特務士官である田伏雪乃中尉よりも、階級的には下になる。

いや実際、鷹岳の居るＹＴ研究班は、雪乃の第四研究所より下部の組織という形であった。

現在、両者の部隊は、海軍の中でも独立した組織機関として活動しているが、表向きにはＹＴ研究室は連合艦隊司令部の内部組織、第四研究所は海軍省の直轄部門という体裁《ていさい》を取っている。

列車で呉に戻った鷹岳は、大和が入渠中のドックに近い海軍の建物に入った。現在、ＹＴ研究班の面々は、この建物内で入力用の資料の整理を行なっていた。

「ああ、鷹岳少尉、戻ったか」

声をかけてきたのは、研究班を統括する藤代《ふじしろ》中佐だった。

「はい、遅くなりました」

「いや、今日は消灯時間まで、おまえさんは休暇扱いだよ。このまま宿舎に戻ってかまわんぞ」

「いえ、少し皆を手伝いますよ。集まった情報がかなりの数になってますし」

「律儀だな。まあ止めはしない。ところで、南方の機動部隊に動きがあったらしいぞ」

「敵が動きましたか？」

藤代が頷いた。

「トラック奇襲後に鳴りを潜めていた敵空母部隊が、オーストラリア方面に移動したようだ。こちらのニューギニア侵攻作戦に反応したのだろう。これはＹＴ予測に合致する動きだ」

鷹岳は頷いた。

「そうですね。この方面、なんとしても要衛ポートモレスビーを攻略する必要があるので、予測に則った動きを機動部隊には願いたいです」

「それは大丈夫だろう。南雲《なぐも》中将はここまで指示に従った指揮に徹している。今回も問題なく対応してくれるだろう」

「機動部隊には、例の長距離通信機を届けてありますよね」

鷹岳が思い出したように藤代に聞いた。

「ああ、もう昨日のうちに空母赤城《あかぎ》に設置されている。ドック内の大和から、直接通信の実験も済ませてある」

「すばやいですね。たしか舞鶴で組み上がったのが五日前ですよね」

「ちょうど蝙蝠《こうもり》部隊の新鋭機が、機動部隊に投入されるところだったので、荷物運びを頼んだんだよ」

鷹岳が頷いた。

「出来上がりましたか、新型艦上偵察機」

「うむ、テストで零戦を置いてけぼりにした韋駄《いだ》天《てん》だ。活躍してもらわねばな」

二人が語る新型艦上偵察機は、ＹＴ予測室に無くてはならない戦場の情報を収集するために造られた最新鋭機である。

二式艦上偵察機、またの名を「電光《でんこう》」。

この名前は二か月後に採用される予定で、まだ正式決定はしていないが、整備士も搭乗員もすでにこの名を使い始めている。この機体は令和過去世界にあった二式艦偵の素性に近い、新型艦上爆撃機となる彗星《すいせい》と姉妹関係にある機体だ。

ただし、令和の過去世界と大きく異なる点がある。

彗星も二式艦偵も、令和の過去昭和では、ドイツのダイムラーベンツ製液冷エンジンであるＤＢ６０１のライセンスエンジンのアツタを積んでいるが、この世界の両機は、いまだ本家のドイツでも実用化に漕ぎつけていないＤＢ６０５エンジンのコピーを載せているのだ。

最高出力一七八〇馬力という、零戦のエンジンを遥かにしのぐ高性能エンジン。その強力な心臓を持つ二式艦偵。

　しかし、この過給機付エンジンを作るのは、並大抵の事ではなかった。

　日本の基礎技術力が低く、ただ図面の通りに造っても、満足に回らない物しか完成しなかった。

　そもそも過給機の排気タービン、このタービンブレードすら満足に作れないというのが、日本の工業力の限界だった。

　高温に耐える合金を作りえなかったのだ。

　ところが、未来から提供された技術は、あっさりこれをクリアさせた。

　田伏由佳が提案したのは、タービンブレードの材質にセラミックを使うというものだった。

　この世界においては未知の物質であるセラミックであったが、もともとが陶器由来という事もあり、高温焼成炉を完成させてみたら、純度さえ維持できれば恐ろしい強度のセラミックが焼けた。

　軍ではこのセラミックを装甲にも応用できないかと研究を始めたが、これは実に正しい判断だった。遥か未来で、それは実際に造られる代物だったからだ。

　こうしてエンジンの出力アップに欠かせないターボ技術を呆気なく手に入れた日本の航空機各社は、既存のエンジンでも大幅な出力アップを図るべく、エンジンの総入れ替え作戦を開始した。

　しかし、タービンを付ければそれで終わりというわけではない。

　元になるエンジンのほうに、多くの問題があった。シーリングが甘かったり、電装系の脆弱さなどなど。

　そこで田伏由佳は、基礎工業力かさ上げに必要な技術改革の提案書を、雪乃に送っていた。

これを基にしてまず造られたのが、ベアリングの製造マシン。そして、ビニールコートされた電線の製造マシンだった。

この基礎的な技術が、何より日本のマシンには欠けていた。

真球率九九・九％のベアリングは、エンジンだけでなくあらゆる機械の精度を跳ね上げ、シーリングの精度を高めた。

そして紙ではなくビニールに覆われた電線は、漏電を確実に防ぎ、かつエンジンプラグのミスファイアを駆逐してみせた。

こうして日本の機械産業は著しく成長をしたのだが、それでも戦争末期ドイツの液冷式エンジンの製作は、恐ろしくハードルの高い作業だった。

それを見越してなのか、令和から来た図面は、エンジンを簡略化し、性能もデチューンされたものだったのである。

この資料を基にエンジンを製作したのは熱田製作所ではなく、横須賀の海軍航空工廠自体であった。

精密な作業を要求されるこの液冷エンジン組立は、現在、熟練工によって月産一〇〇基を維持しているが、正直これではまったく数が足りなくなるというのが令和世界の予測だった。

田伏由佳は、この新型エンジンを装備した艦上戦闘機の開発を、昭和日本海軍に要求した。

だが、これはうまくいっておらず、むしろ陸軍が開発中の三式戦闘機飛燕《ひえん》に提供したらどうかという意見が、東京R大学の実験室では新たに起きていた。しかし、かなり風通しが良くなったとは言え、海軍工廠で作ったエンジンを陸軍戦闘機が積むというのは、相当の抵抗が予想された。

そこで、川崎航空機向けに別のエンジンの製作を打診する予定になっていた。

　それは、載せるエンジンこそ異なるが、陸軍最後の傑作機と呼ばれた五式戦の前倒し製造というアイデアなのであった。

　Ｒ大学では、誉エンジンは生産性に問題があり、決戦機のエンジンには不向きだという意見が大勢を占めていた。

　そこで、数種類の空冷式エンジンに絞り、その性能を極限まで引き出すアイデアを、昭和世界に送り付けたのである。

　実は、田伏雪乃が三菱航空機と中島飛行機を訪れるのも、空冷式エンジンの新型戦闘機開発に関する意見調整の意味あいもあるのだった。

　無論、そんなことは、大和に戻った鷹岳は知らない。

　単に雪乃が未来からのメッセンジャーと研究者を兼任し、忙しくしているとしか認識していなかった。

　この時の日本にとって、すでに田伏雪乃は無くてはならない、戦争遂行のための最重要人物になっていたのである。

　だからこそ、広島でも雪乃の周りは、常に護衛役が息を潜めて囲んでいたのであった。

　その鷹岳に、藤代が書類を突きつけなた。

「新型の通信装置……相互情報転送装置だったな、明日、もう一度大和からそいつの通信実験を行なう。貴様も立ち会え」

　藤代に言われ、鷹岳は頷いた。

「判りました。敵は一両日中に動くかもしれないから、ＹＴ予測機も稼働状態にしておかないといけませんね。機械言語の入れ替えに丸一日以上かかってしまいましたし、もう一度バグがないか確認させます。YTの主電源は問題ないでしょうか」

「まあ、入渠中も、陸上から大量の電力を送り込んである。ありゃ本当に電気の大食いだな」

「そうですね」

実際、組み立ててみてわかったのは、電子計算機は大きな電力を必要とする事。YT予測機が大和の艦内に置かれたのは、防諜のためともう一つ、安定した電力を得るためでもあった。

なんと大和の艦内には、電子計算機を常に動かすために専用の重油燃焼式の発電機が備わっていた。これは巡洋艦一隻なら楽にその電力を賄《まかな》えるほどの能力で、独立して稼働を続けている。

ただ現在のようにドック内ではそれもかなわず、電気は陸上から引いて賄っているのだった。

「早くYTを動かさないと、作戦に間に合わないなんてことになりかねないな」

鷹岳が心配そうに言った。

「そう言えば、陸軍に任せた作戦も、もうすぐ決行だな」

藤代に言われ、鷹岳は「あっ」と声を上げた。

「機動部隊のほうに気を取られて忘れてましたよ。あのとんでもない作戦、ついに動くんですね」

「ああ、到底うまくいくとは思えないんだが、YT様のご宣託だからな」

藤代が皮肉そうに笑った。明らかに、これが陸軍の引いたくじで助かったと顔に書いてある。

「我々は機動部隊決戦に備えましょう。また忙しくなりますよ」

二人は大きく頷きあった。

ちょうど鷹岳が呉で藤代と機動部隊の作戦に関する会話をしているその頃、遥か南洋では、その話題の矛先である南雲中将率いる機動部隊が活動中であった。

　空母の艦上には、数機の緊急用の戦闘機が並んでいるだけで、ほかに動きはない。

　ただ、随伴の巡洋艦と駆逐艦の居る海域では、着水した水上機の収容作業が行なわれていた。

「哨戒機の収容終わりました。現在まで異常は無し、敵潜水艦との接触も確認できません」

　空母赤城の艦隊指揮を賄う艦橋に、作戦参謀士官が報告を持って上がってきていた。

「駆逐隊の対潜水艦探知は、うまく機能しているのか」

　質問を発したのは草鹿《くさか》参謀長だった。

「問題ないとの報告です。音波探知機にも各艦習熟してきており、一度捕まえたら必ず仕留める自信があると、水雷戦隊からお墨付きが来ています」

「そうか、では上陸船団とその護衛部隊の連携を再確認し、GF司令部の指示通りに作戦を進めるとしよう」

　南雲長官はそう言うと大きく頷いた。

「では予定通り、明日ラバウルからの部隊によって、前哨戦となる爆撃を敢行ですね」

「うむ、船団護衛の五航戦の準備も再確認しておけ」

　艦橋で司令部が打ち合わせをしている間に、格納庫では蝙蝠部隊がブリーフィングを行っていた。

　その任務上、他の飛行隊の兵士がいる場所では話すことができず、こんな場所での会合となるのであった。

「おかえりなさい、若狭《わかさ》大尉」

　中隊長の若狭が留守の間、機動部隊帯同の蝙蝠部隊を預かっていた牟田《むた》中尉が口を開いた。

「おう、俺が居ない間は静かだったみたいだな」

若狭が言うと、一同が頷いた。

「敵との接触は無しです。一度、駆逐艦が潜水艦を仕留めましたが、敵空母の影はまったく見えません」

「まあ。搭乗員の大半を見捨てて遁走したんだ。そう簡単に開いた穴がふさがるもんじゃねえだろう」

若狭が言うと、牟田中尉が首を振った。

「それが、上のほうの言葉を信じるなら、アメリカは日本の倍以上の空母搭乗員を抱えているはずだから、トラック戦で逃げた敵空母も問題なく戦線に復帰してくるだろうと」

「本当か、そりゃ」

「ええ、なんでもアメリカ海軍は、一つの空母に複数の飛行隊を配備し、順番に部隊を乗せ換えているのだそうです。だから、一個編成が潰《つい》えても、空母さえ無事ならすぐに戦線復帰できる仕組みなのだそうです」

「知らなかった。そりゃ、やりにくいな」

若狭が腕組みをして唸った。

「いくら操縦士が居ても、肝心の空母を叩いてしまえばいいだけの事ですよ」

長原《ながはら》飛曹長が笑いながら言った。

「その通りだ。しかし、うまくいくかな、今回の作戦。ハワイの偵察潜水艦は、エンタープライズがもう修理を終えて真珠湾に入ったのを確認している。つまりアメリカは、次の作戦で最大四隻の空母を投入してくる可能性があるってことだ」

「まあ上のほうの話では、何やら秘策があるらしいですから。とにかくうちらは、艦隊の目に徹しましょうや」

三俣《みまた》少尉の言葉に、一同は深く頷いた。

「その我々の役目に関してだが、この新型は飛んでもねえ化物だぞ」

若狭はそう言って、自分の背後に置かれた二式艦上偵察機の胴体を平手で叩いた。

「見るからに速そうなのは判りますが、どの程度の性能なんですか」

赤城居残りの一人、植木《うえき》一飛曹が、興味深そうに聞いた。

「驚くなよ、俺は横須賀上空で、この機体を使って時速六五〇キロを突破した。間違いなく、今この機体に追いつける敵機は存在しねえ。思う存分偵察が出来るってもんだ」

一同の目が真ん丸になった。

新型は速いとは聞いていたが、まさかそれほどとは、誰も思っていなかったようである。

「零戦も追いつけない。当然グラマンも、米陸軍の追撃機ウォーホークも置いてけぼりだな。こいつは間違いなく、帝国海軍一の俊足だ」

いや、実はこの時点で、戦場にあるどの国の軍用機より速い機体が、この二式艦偵なのだった。

のちにこの機体の正式名称となる電光も、電光石火から着想された名前であり、その韋駄天ぶりと密接に繋がった名前なのであった。

蝙蝠部隊では、まずこの新型艦上偵察機を三機受領。島伝いの空輪で一昨日、機動部隊にたどり着いた。

着艦は夕刻の見通しの悪い状況であったが、この高速機に似つかわしくない、極めてゆったりとした運動で無事着艦を終えた。

これには秘密があり、どうしても失速になりがちな機体に、二段式のフラップを装備することで、発着艦に速度を下げることに成功したのだ。さらにこのフラップ、艦爆仕様ではエアブレーキの役目も担《にな》い、急降下爆撃をアシストする。

だが、その急降下爆撃機彗星《すいせい》の製造は、遅々として進んでいない。

エンジンの開発に未来の力を借りたまでは良かったが、肝心の機体の組み立てが旧態然とした非流れ作業の固定組み立て式なのだ。

現在、三菱飛行機で最新の流れ作業方式の組み立て工場を、未来からの指示で三菱の地盤ではない兵庫に建設中で、この最新工場では零戦に代わる最新鋭の艦上戦闘機の組み立てと、同じく九七式一号艦上攻撃機に代わるかなり大型の艦上攻撃機の組み立てに充てる予定となっていた。

一方、陸軍機や零戦の肩代わり生産を行なっている群馬の中島飛行機では、現在伊勢崎に新たな大型機専用の工場を建設中であった。

ここにもまた、第四研究所由来の未来テクノロジーがふんだんに使われている模様であった。

とにかく現在、日本では航空機産業を中心に、生産の現場の抜本的な改革が行なわれているのである。

この工業改革は、実は草の根レベルでも進んでおり、日本の津々浦々《つつうらうら》の町工場には、軍政府から無料で専用の治具と新工業規格の見本品が届けられ、これに合致した品物だけが今後納品可能になるという、言ってみれば工業規格の強制切り替えが、いや、断行がなされたのであった。

これによって戦場などにおいても、壊れた機器の修理にそばにあった部品が使えないなどといった事態が払拭されるはずであった。

すべては海軍の主導で行なわれた改革であったが、無論、陸軍もこの尻馬に乗っている。

第四研究所からは、未来からの指示に基づき、陸軍にも各種新兵器の情報が提供されていたのであった。

その最初の恩恵が、フィリピンの地に到着していた。

フィリピンの現状を簡単に説明すると、四月までにルソン島は日本軍にほぼ占領され、最後まで抵抗していたコレヒドール要塞も四月二一日に降伏した。

残った米軍は、ミンダナオ島に戦力を集中し徹底抗戦の構えを見せ、総司令官のマッカーサーもここに陣取っていた。

だが、そのマッカーサーの動向に関する予測を、大和艦上のＹＴ予測機が吐き出した。

この情報を受けた陸軍が、急ぎ立てた作戦が今、動き出そうとしているのだった。

これがつまり、鷹岳たちの言っていた、とんでもない作戦なのである。

3

ミンダナオにはすでに陸軍一個師団が上陸、戦線を構築し、アメリカ軍と対峙していた。

残る敵兵力はおよそ三万と見積もられていた。

これに対し陸軍は、慎重に圧力をかけ、じわじわと包囲の輪を作ろうとしていた。

米軍は広く密林に展開しており、個々の戦線はおおむね手薄といった感じだ。

しかし総兵力では、現在米軍のほうが上であるから、まったく油断ならない状況と言えた。

この日も早朝から、日本軍は大口径砲の砲撃で敵の戦線を牽制《けんせい》していた。

敵も味方もこの砲撃の音で目覚めさせられたようなものだが、最前線ではさすがに夜明け前から兵士が忙しく動き回っていた。

　それは明らかに、何らかの新しい作戦のための動きと読めた。

　五月三日のまだ未明の話である。

「海軍はニューギニア侵攻作戦に乗じて、敵艦隊と決戦に挑むようだな」

　ミンダナオの最前線で指揮を執る伊予《いよ》の陸軍歩兵二二連隊の連隊長田中幸憲《たなかゆきのり》大佐は、部下の片桐《かたぎり》中尉に言った。片桐は連隊旗手である。

「いいんですかね、そんな情報がこの最前線にまで漏れていて」

「いいらしいのだよ。逆に、敵にこの情報が聞こえてほしいくらいらしい。それが、我々がこれから行なう作戦の隠れ蓑《みの》にもなるという話だ」

「連動しているのですか、今回の作戦とニューギニアのそれが。どえらい離れてますよ」

「まあ、俺達には判らない高度な作戦案だろうからな。とにかく与えられた任務を全うすることを考えよう」

　そこに連絡士官が走ってきた。

「到着しましたよ、日本からの荷物。ありゃあ、凄いです。軍はとんでもない物を作りましたね」

　立木《たちぎ》というその少尉は、興奮した様子で連隊長らに報告した。

　すぐに田中と片桐が、陣地に続く街道に出てみると、巨大なトランスポーターが数台停まっており、その荷台には複数の装甲車輌が載っていた。前四台は明らかに戦車なのだが、それは今まで見たどの日本軍戦車より大きかった。

　だが田中の関心はそちらではなく、これを運んできた装輪車輌に向けられた。

「でかい輸送車だな」

ここまで車輌を運転してきたらしい下士官が高い運転席から降りてきて、敬礼してから言った。

「シンガポールで鹵獲《ろかく》した英軍の戦車輸送車です。スキャンメル・パイオニアと言うそうです」

大きなエンジングリルには、製造元のスキャンメル社の名前が刻まれていた。

「ふむ、鹵獲品か。納得だな。我が軍でこんなでかい輸送車は見たことがない」

すると運転手が苦笑しながら答えた。

「無いわけじゃないですよ、ただ日本から運ぶより近いので用意されたんです」

「そうだな、たしかに」

田中が指でこめかみを掻きながら言った。

「とにかく、遠路ご苦労。港からここまでだと、夜通しの運転だったろう。ゆっくり休んでくれ」

運転手の下士官は安堵の顔で答えた。

「作戦開始に間に合ってよかったです。ああ、乗員の皆さんが来ます」

車列の後方にいた、これまた英軍からの鹵獲車輌であるベッドフォードＭＷから、ぞろぞろと戦車兵服姿の兵士たちが下りてきた。

兵士たちはすぐに運搬用の車台上の戦車に乗り込み、これを地面に降ろす作業を始めた。

これを認めた田中が片桐に言った。

「作戦は一刻を争う。とにかく選抜の兵を集めて、進軍の準備だ、当番兵にすぐに呼びにいかせろ」

最前線を担っている連隊は、大急ぎであらかじめ選抜されていた作戦参加の兵を招集し、日本から届いたばかりの装甲車輌群の元に集めた。

その戦車と装甲車を目にした者は、一様に驚きの表情を見せた。

「でかいですね」

「これが我が軍の装備なのですか。驚いた」

兵士たちがざわつく。

するとと、勢ぞろいしたおよそ一個中隊の歩兵の前に、戦車兵が着るつなぎの軍服姿の士官が進み出て、田中大佐に敬礼をしてから口を開いた。

「戦車第一連隊本部中隊の関口《せきぐち》少佐です。作戦遂行の指揮権を拝領しました。連隊長殿の兵を預からせていただきます」

田中が頷いた。

「うむ、精鋭を選りすぐった。とにかく頑張ってくれ」

「三〇分後に進撃を開始します、兵は車体に跨乗するか、後ろの兵員輸送装甲車に分乗願います」

「木村《きむら》大尉！　話を聞いたな、関口少佐の指示に従い、すみやかに班別けを行え」

「はっ！」

この特別任務の歩兵側指揮官を任命された木村陽平《ようへい》大尉は、敬礼をすると兵たちに命じた。

「臨時第一小隊は四両の戦車に乗り込め。でかいから溢れることはないだろう。第二と第三小隊は輸送車のほうへ。機関銃分隊を輸送車の武装に振りわける事」

すぐに兵たちが動き出した。

その動きは実に機敏で、いかにも精兵と言った動きである。それもそのはずで、この歩兵二二連隊は、本来は別の島の攻略に振り向けられるところを、陸軍参謀本部直々の命令で急遽ミンダナオに派遣された強兵部隊なのであった。

その実力は、日清日露の頃からのお墨付きで、第二次上海事変で、もっとも活躍した部隊でもあった。

　訓練の行き届いた兵たちは、すばやい動きで乗車をしていく。背嚢《はいのう》の重さなど、まったく苦にしていない。

　ちょうどその時、セブ島に出来たばかりの陸軍飛行場から飛来した四機の双発機が、頭上を通過していった。

「最新鋭の二式複座戦闘機か。ありゃあ、重武装だな」

　木村が空を仰いで呟いた。

　二式複戦屠龍《とりゅう》は、対大型機と爆撃機の長距離援護用に造られた機体だが、このフィリピンではもっぱら地上攻撃に使用されていた。これは、本来その任務を担うべき九九式襲撃機や九九式軽爆が前線に送られてきていないためである。

　陸軍では、大急ぎで航空部隊の改変に着手しており、特にこの軽爆撃機の装備部隊は軒並み新型機を受領し、現在、日本本土と満州で慣熟訓練中なのであった。

　旧型機は多くが対中国戦線に置かれ、一部は満州空軍に贈られている。

　今、特別任務部隊の上を通り過ぎた二式複戦は、両翼に対地攻撃用の小型爆弾を都合六発も積んでいた。

　それから三分と経たぬうち、もう一機の航空機が彼らの上を過ぎていった。

　それは一見すると百式司令部偵察機のようであったが、その塗装の違いで海軍の所属機と判る。

　これは、フィリピンに分派された蝙蝠部隊所属の一式陸上偵察機であった。

　この陸偵は快速を生かし、あっという間に先行の二式複戦の編隊を追い抜いた。

「前線を越えましたね」

機長で偵察員席を預かる岡村《おかむら》一郎少尉に、操縦士の高島祐介《たかしまゆうすけ》上飛曹が言った。

陸軍の作戦部隊は、日米の最前線のすぐ後方に陣取っていたが、この付近は事前の偵察活動で敵の兵力がもっとも手薄となっているのが判明した地域でもあった。

「敵はこの先で、じっと息を潜めている。さて、なんとしても尻尾を掴むぞ」

陸偵の後部座席で地上を睨みながら、岡村少尉が言った。彼はシンガポール戦にも出撃していたベテラン偵察員である。

「予測でもっとも可能性の高いのはダバオではなく、西岸のコタバトなのだ。その真偽をきっちり見抜いてやるぞ。だがその前に、安全な進路を陸軍に示さなければな」

偵察機は地上の見えない状況で、明らかにその地上の様子を探るための減速行動に移った。

蝙蝠部隊は情報収集と同時に、陸軍の特別作戦部隊に安全と思われる進路を示すという任務も与えられているのだった。

その日本機の動きをじっと見つめる目があった。

米軍の残存部隊の対空砲陣地である。

「発砲の許可は出ていない。ここは息を潜めるのだ」

対空砲座の指揮官は、顔をしかめながら部下に言った。

「畜生、何もかも奴らのやりたい放題だ」

兵士が漏らしたが、それも無理からぬ事だろう。

ここまで米軍は、完全に手のうちを日本軍に読まれ、反撃のための作戦は、ことごとく潰されていた。

　今ミンダナオに籠った三万弱の軍勢の運命も、風前の灯火と言えよう。現在、彼らを救える戦力は、西部太平洋には存在しない。

　指揮官のマッカーサーは徹底抗戦を指示するだけで、ここ数日はその姿すら誰も見ていない。

　いや、それこそ米軍の最後のあがきとも言える作戦の証拠なのだった。

　さかのぼること半月前、ワシントンの米戦争省では、対日戦と対独戦に関する重要会議が行なわれた。

　その席で、陸軍参謀総長のマーシャルが言ったのは、対日戦争のトップにどうしてもダグラス・マッカーサーが必要であり、彼を何としてもフィリピンから逃し、オーストラリアまで移送させるべきだという案であった。

　マッカーサーをトップに据えることに異論は出なかったが、彼をフィリピンから脱出させるのはかなり困難だというのが、大方の意見であった。

　そこで陸海軍協力で、何とかマッカーサーを救出するための作戦が急ぎ企画された。

　それは、日本軍の意表を突くために、マッカーサーを小型の高速魚雷艇でミンダナオから退避させ、洋上で潜水艦とランデブーさせるという大胆な作戦であった。

　まさかフィリピン駐留軍の最高司令官が魚雷艇で逃げるなどとは、誰も思うまい。

　それが米側の考えであった。

　実際、セオリー通りに作戦を考えていたら、日本側はこの作戦にまんまと嵌り、マッカーサーを見失っていたであろう。

　だが、日本はこの作戦を読み切っていた。

ＹＴ予測だけでなく、令和の過去世界のマッカーサーも、ほぼ同じ手段を使ってフィリピンを脱出しているのだ。

違っているのは、マッカーサーの現在位置とフィリピン全体の戦況だけだ。

現在、マッカーサーは夜間に日本の空の監視がなくなるのを待って魚雷艇に乗り込むべく、なるべく目立たない波止場の近傍に司令部を移していた。

それは、蝙蝠部隊の陸偵が目指している、コタバト近郊の漁村であった。

大和のＹＴ予測機は、そこまで相手の動きを読み切っていたのである。

当然日本は、マッカーサーを脱出させる気はない。

前線のすぐ後方で進撃の準備をしていた陸軍部隊の目的は、まさにマッカーサーを捕縛するという極秘任務だったのである。

そう、単に司令部を襲撃するのではなく、ＹＴ予測機はマッカーサーを捕虜にする事を、強く求めてきたのであった。

この困難な作戦のために陸軍は、最新鋭の装備を大急ぎでミンダナオに送り込んだ。

それがつまり今、エンジンを轟々《ごうごう》と始動させた四輌の中戦車と、八輌の完全新設計のクローズドキャビンを持った装甲兵員輸送車だった。

この進撃を開始した車両たちは、日本から急派された戦車第一連隊所属の最新鋭戦車と、装軌式兵員輸送車の選抜隊。どちらも、海軍の第四研究所由来の新兵器である。

この昭和一七年初頭に正式化され、現在量産が行なわれているが、まだそれが実際に配備されるには時間が掛かると予想されていた。ここに派遣された車輌は、いずれも戦車第一連隊に先行して送り込まれ、春前から訓練を繰り返していたのだ。

この戦車と装甲車は、これまでの日本陸軍の装備からはかなり進んだ兵器……それもそのはずで、戦車に至っては令和過去世界では昭和二〇年になるまで形にならなかった代物を、叩き台にしていたのだ。

今、進軍を続けている二式中戦車は、長砲身の七五ミリ砲を有する、令和過去の四式中戦車に限りなく近い存在なのであった。

ただし、実際には少なくない差異がある。

まず主砲だが、これはボフォース社の七五ミリ高射砲のコピーを戦車砲にするため、閉鎖器の改良を行なっている。これは令和過去の四式中戦車の主砲と素性が同じなのだが、より簡易に戦車に搭載できるよう、未来で基礎図面が引かれ提供されてきていた。

このおかげで、試作段階から、アメリカのM4中戦車を距離一〇〇〇メートルで撃破できる性能となっていた。

これが二式中戦車の搭載する二式七糎五粍戦車砲であり、今後生産される日本軍戦車の基本的な主砲として量産が開始されている。

この大型砲を載せる砲塔は、かなりのボリュームになった。当然、従来の九七式中戦車の車体では載せられないので新設計の車台となっているが、シルエットは四式中戦車のそれよりやや古い設計思想に基づいている。ずばり、車体の大半がリベット装甲なのだ。

ただ砲塔に関しては、鋳造式のものを溶接するという四式のそれに倣《なら》った形となった。

その反面、シャーシについては振り子式サスに固執し片側六個の転輪のみで構成した。これは令和過去の四式より一組少ないことになる。

それでも、強力なガソリンエンジンをあえて搭載したことで、走破性能は十分に高いものになっていた。

平坦な道なら時速五〇キロも可能なほどである。

なぜディーゼルではなくガソリンエンジンなのかと言えば、装甲を重視して重量がかさんでしまい、これまでのディーゼルでは力不足になると判断されたためである。

新規にディーゼルエンジンを設計していては、戦争の推移についていけない、細々と研究は続いているが、完成するのは少なくともあと一年の時間が必要と目されていた。

命中弾を受ければ炎上の危険を持つガソリンエンジンだが、二式中戦車はこの燃料タンクとエンジンの装甲を、従来では考えられないレベルで強固にした。

なんと、背面の装甲が九七式中戦車の正面装甲と同等の、七〇ミリを超えていたのだ。

この二式中戦車は、まだ合計六輌しか完成しておらず、そのうち部隊に提供された四輌がフィリピンに送り込まれたという事実からも、大本営がこの作戦に賭ける力の入れようが判ろう。

また追従する兵員輸送車も、従来の後部にオープントップの兵員室を設けた車体ではなく、銃眼を備えた閉鎖式キャビンを持つ、のちのＡＰＣそのものの設計思想で、こちらは一式装軌式兵員輸送車と呼ばれている。略称のトイというのは、従来の体系とは離れた符牒の組み合わせであり、この車体がまったく新しい車種であることを物語っていた。

こうして未来テクノロジーによって生み出され

た時代を先どった機甲部隊は、かなりの速度で密林を進んでいった。

だいたいの敵陣の位置は、空中の蝙蝠部隊から送られた通信で把握しており、まったく抵抗を受けることなく、最初の一時間で部隊は敵の最前線の裏側に出る事が出来た。

彼らマッカーサー捕獲攻撃隊の位置からコタバトまでは、およそ一五〇キロ。この距離を、マッカーサーとその家族の出航までに、迅速に駆け抜けようというかなり無茶な作戦だった。

しかし、実際に密林を進む重さ三〇トンを超える二式中戦車は、遮《さえぎ》る熱帯樹をやすやすとなぎ倒し、時速二〇キロ程度を維持して突き進んでいた。

単純計算なら、日没前に現地に到達できる。

しかし、その距離の間には当然、敵兵が居るわけで、戦闘は不可避であろう。

戦闘が長引けば、作戦は失敗に終わる。

部隊を率いる関口少佐は、出来たら戦闘を避けて進みたいと考えていた。

だがその望みもむなしく、午前一一時少し過ぎ、攻撃隊はアメリカ軍部隊に遭遇してしまった。

航空偵察の網から外れたというより、米軍が移動していたので探知できなかったためだ。

この敵兵力は前方の街道に停車していて、補給を行なっている様子であった。

「敵にも戦車が居ますね。中戦車を含む一個中隊程度の戦力です」

斥候からの報告に関口は顔をしかめたが、すぐに腹を決め命じた。

「ここは戦車を盾に強行突破しよう。歩兵を守るために、一次的に跨乗兵《こじょう》は徒歩進軍させるが、敵を打破したら、ただちに再搭乗し突き進む」

「一気に仕掛けますか。しくじれませんね」

この時、移動中のアメリカ軍機械化兵力は、ルソン島から移動してきた機甲部隊の一部であった。

M3中戦車を二輌とハーフトラックをベースにしたM3GMC七五ミリ自走砲を四輌有する、かなりの火力を持った部隊だ。

合計六門の七五ミリ砲は、日本側には脅威と言えよう。ほかにもM3軽戦車が六輌いて、この三七ミリ砲も厄介だ。初速が早く、貫通力はむしろこちらのほうが脅威なのだ。この三七ミリ砲は、M3中戦車の回転砲塔にも載せられている。都合八門の三七ミリ砲を敵は有する事になる。

二式中戦車は問題ないが、一式兵員輸送車の装甲は、これを防ぎきれるほど厚くない。

敵の打撃力は高く、アメリカ軍はこの部隊を前線に移動させるべく行軍中なのだった。これが従来の九七式中戦車や八九式中戦車の部隊であったら、間違いなく力負けするだろう。

しかし関口は臆することなく、正面突破を決めたのだった。

「二式中戦車の初陣だ。ど派手にいくぞ」

歩兵を下ろした日本側戦車は、四輌が横隊になって歩調を合わせ、前進を開始した。

マフラーを通しても、大排気量エンジンの立てる轟音は密林に木霊《こだま》する。米軍はすぐに、日本軍の襲来に気づいた。

「馬鹿な、こんな後方に敵軍だと！」

指揮官が、敵襲の報告に目を丸くして叫んだ。

「いったいどうやってこんなところまで来たのか判りませんが、敵は戦車を含む機械化兵力です」

外周警戒の兵からの報告に指揮官、M3中戦車の車長でもあるフェアバンク大尉が叫んだ。

「敵の戦車が来るぞ！　ただちに備えろ」

この時、アメリカ側は慢心していた。

と言うのも、この部隊はルソンから撤退する前に日本の戦車部隊と遭遇戦を演じており、そこで日本の九七式中戦車三輛と、九五式軽戦車五輛を撃破し、損害無しというワンサイドゲームの戦果を挙げていたのだ。

敵の歩兵さえ居なければ負けなかった。そんな自負が、接近してくる敵にも危機感を感じさせなかったのだ。

だが、それこそが彼らの不幸であった。

今迫りくる敵は、これまでの日本軍とはけた違いに強力だった。

M3中戦車のキューポラから双眼鏡で密林に見え隠れする敵戦車を捉えようと、フェアバンク大尉が目を凝らした、まさに次の瞬間だった。


ヒュンという激しい擦過音に続き、彼の右手で大きな爆発が起きた。

驚き首を振った先には、一撃で装甲を貫通され砲塔を吹き飛ばされたM3軽戦車の姿があった。

「ば、馬鹿な……」

日本軍の五七ミリ戦車砲では、至近距離でもない限りM3軽戦車の装甲を貫通出来ないのは、事前の戦闘で確認済みだ。

日本軍の初速の遅い短砲身戦車砲では、徹甲弾を使ってもM3軽戦車を撃破できなかったのだ。

それが、今目の前で、ただの一発で軽戦車は吹き飛んでしまっていた。

「スチュアート一輛撃破」

二式中戦車を率いる関口の耳元に、二号車の車長三木《みき》曹長からの無線が届いた。

関口は喉マイクのスイッチを押しながら言った。

「脅威なのは中戦車だ。二輌のリーを先に屠《ほふ》るぞ。火力、まず正面に集中」

限定射界の車載砲とはいえ、七五ミリは脅威である。先に排除すべきは二輌のM3中戦車リーと、やや後ろに陣取るM3GMC自走砲である。

この自走砲はM3ハーフトラックの後部に旧式になったM1897榴弾砲を載せた簡易自走砲だ。徹甲弾は撃てないが、七五ミリ榴弾はその威力で、歩兵はもちろん装甲の薄い部分に命中すれば、戦車も大打撃を受ける。

M3中戦車のケースメート式七五ミリM2戦車砲も、基本的に同じ砲弾を使うが、ベースにしたT2高射砲でも使える徹甲榴弾を放てる。

こちらは距離五〇〇メートルで、五〇ミリの装甲版を破壊できるので厄介だ。

もっとも、二式中戦車の正面装甲は一〇〇ミリを超えている。そう簡単には破壊できない。

だが、追従している歩兵の乗った一式装甲兵員輸送車の側面装甲は三五ミリしかないし、なによりも徒歩になった隊員は、榴弾の破裂による破片の脅威から逃れられない。進撃をスムーズに押し進めるためにも、一刻も早く敵の砲を沈黙させる必要がある。

目標をM3中戦車に定めた四輌の二式中戦車は、二式戦車砲をつるべ打ちにした。

同じ七五ミリの口径でも、初速が圧倒的に速い二式戦車砲の砲弾は、立て続けにM3中戦車に命中し、その主装甲を呆気なく撃ち抜いた。

四発の砲弾を食らった戦車は、たちまち内部で誘爆を起こし、破片を周囲にばらまいた。七名の乗員は即死であったろう。

「次、二輌目は一号と二号車で、三号と四号は各個に軽戦車を撃て」

敵との距離はおよそ四〇〇メートル。この距離では、敵の砲弾はまったく二式中戦車に歯が立たない。

それでも米軍は、必死に砲撃を返してくる。

Ｍ３ＧＭＣが放った榴弾が、二式中戦車三号車の正面装甲に当たり、激しく火花を散らしたが、結局そこには焼け焦げた跡しか残らなかった。

三号車は一発でＭ３スチュアートを仕留めると、自分を狙ったＧＭＣに狙いを移し、徹甲弾ではなく徹甲榴弾を放ち、これを沈黙させた。

その間に、残るフェアバンクスの乗ったリー中戦車も撃破され、ついに米軍は自走砲三台と軽戦車一輌まで戦力を削られた。

ここでついに米軍は敗北を悟り、後退の兆《きざ》しを見せた。


だが、それは叶わなかった。

戦車の砲撃とは別に新たな火箭《かせん》が走り、ＧＭＣが一台吹き飛んだ。

「おお、歩兵部隊が新兵器を使ったか」

状況を確認した関口が、にやりと笑いながら言った。

第二二歩兵連隊の選抜隊は、ルソン攻略当時からこの新兵器を携行していた。

放たれたのは、一式噴進砲であった。

噴進砲、つまりロケット兵器である。

基本的には、無反動砲であるバズーカ砲に近い構造をしているが、弾体は独立したロケット弾としてランチャーにセットされていて、のちのソ連が作るＲＰＧ７のそれに弾体カバーがついたような兵器となる。

つまり、令和過去世界の四式噴進砲より進んだ設計の代物《しろもの》なのだった。

今の弾頭は榴弾のそれであったが、日本軍はすでにノイマン効果を発揮する成形炸薬弾頭を実用化してもいた。

これはひっくり返せば、日本の歩兵は支援なしでも敵戦車を葬《ほうむ》れる火力を有しているという事にもなる。

最初の一発に続き、立て続けに五本の火箭が密林から伸びた。

命中三発、いずれもＧＭＣに吸い込まれ、これを粉砕した。これで残ったのはスチュアート一輌のみとなった。

「この先の進撃速度を考えると、逃すわけにはいかんな」

そう言うと関口は、マイクを社内通話に切り替えて怒鳴った。

「一気に敵に肉薄、確実に仕留めるぞ」

スチュアートは快速である。逃げを打たれると追いつけなくなる可能性があった。

そこで関口は一気に距離を詰めて、砲で仕留める命令を下したのだ。

他の戦車も関口車のそれに倣ったが、ダッシュで先んじた一号車はあっという間に敵との距離を詰め、相対距離およそ五〇メートルで主砲を放った。

二式戦車には、走行中でも射撃が可能なように砲身制御装置、すなわちスタビライザーが装備されている。無論、令和技術のキックバックである。

猛速度で迫る敵が、まさかそのまま主砲を放つと思っていなかった米軽戦車は、完全に虚を突かれ正面から七五ミリ砲弾に刺し貫かれた。

距離が近かったこともあり、狙いは違《たが》わず、難しい走行射撃を完遂させたのである。

激しい爆発で一瞬車体が浮き、すぐに戦車は沈黙した。その拍子に、砲塔がごろんと外れて地面に落ちた。

米軍側に、生存者の気配はなかった。

初弾発射からここまでおよそ一五分の戦闘は、完全に日本のワンサイドゲームとなった。

「すぐに歩兵を回収、前進を続けるぞ」

関口の命令で、密林に散開していた跨乗歩兵が再び戦車に乗り込み、部隊は前進を始めた。

マッカーサーの司令部と推測される地点まで、あと五〇キロ。

そして、そのマッカーサーは、まだ自分が追い詰められたことに気づいてはいなかった。

4

マッカーサーは夫人と共に、密林の中の仮設司令部に居た。

時刻は午後四時のイングリッシュティータイムを示していたが、マッカーサーの司令部で優雅にお茶を飲む者もなく、折り畳みテーブルの上には飲みかけの冷めたコーヒーだけが並んでいた。

マッカーサーが本国からの脱出命令を受けたのは五日前であった。

かなりの抵抗を示したが、大統領命令には逆らえない。

そこでフィリピンに残るスタッフを厳選し、ゲリラ戦での徹底抗戦を貫くように指示を出して、同時にごく少数の参謀だけを連れて家族と共にミンダナオを後にする事にした。

作戦を成功させるため、この脱出に関わる一連の情報は秘匿されている。

そのおかげか、今日まで爆撃の脅威は襲ってこなかった。少なくともマッカーサーのスタッフはそう信じていた。

「今夜二〇時過ぎに出航の予定で、準備を進めています。夜のうちになんとか外洋まで出てしまえば、敵に捕捉される危険は一気に減ります」

陸軍と共にルソン島から転戦してきた海軍のルパート・アンダーソン大佐が、マッカーサーに説明した。海軍側の今回の脱出作戦の責任者だ。

「魚雷艇というのは揺れるのだろう、その辺が少し心配だな」

火のついていないパイプを握って、マッカーサーが言った。

「そうですね、高速を出している時は、特にピッチングが凄いです。そこは覚悟しておいてください」

その時、彼等の耳にかすかな爆音が聞こえてきた。

「また敵機か、偵察が執拗だな」

マッカーサーの参謀の一人が上を見上げて言ったが、この司令部の警備を担う歩兵大隊長のビリー・モロー中佐が自信たっぷりに言った。

「この司令部のカモフラージュは完璧です。上空からは絶対に見つかりませんよ。その証拠に、敵機はそこらじゅうを縦横無尽に飛んでます。何も発見出来ていないからですよ」

たしかに、早朝からずっと日本軍機が飛んでいた。まるであてもなく彷徨《さまよ》っているかのように地上からは見えた。

だが、この観測は間違っていた。

「今の飛行で、ほぼ完璧に布陣を押さえられたな」

先ほどからマッカーサーの司令部で聞こえていた爆音は、海軍の蝙蝠部隊所属の一式陸偵のものだった。敵司令部の位置を絞り込み、その正確な状況を地図上に起こしていたのは、蝙蝠部隊フィリピン分派隊の五号機である。

この機体の偵察員席に座っているのは、岩村栄《いわむらえい》作《さく》少尉。下士官からの叩き上げで、偵察のベテランであった。

肉眼で見る限り、地上は鬱蒼《うっそう》としたジャングルが続いているだけで、敵の姿はまったく見当たらない。

しかし、彼の覗いているスコープには、はっきりと敵の位置が映し出されていた。

赤外線スコープ。岩村は地上の熱源をそのスコープによって発見し、地図の上にそれを落とし込む作業を行なっているのだった。

数日前から司令部の洗い出しは行なわれており、位置を特定するまで、前線後方へのいっさいの攻撃が差し控えられていた。

つまりこの方面に日本軍の爆撃が無かったのは、米軍の位置が特定できていないからではなく、司令部の位置を探っていたためであった。

「陣地の概要から見て、あれが敵の司令部に間違いない」

岩村が操縦士の赤見《あかみ》上飛曹に、左下方を示しながら言った。

「先ほどの反応があった地点ですね」

「ああ、この魚雷艇の隠れた地点、そして至近の桟橋の位置、あそこからなら、五分で海に出られる。敵の親分はあそこに陣取っているに違いない。

すぐに地上の陸軍部隊に暗号電で通知する」

そう言うと岩村は、陸海軍の共通連絡用周波数にセッティングされた無線機のスイッチを入れ、関口少佐率いる特別作戦部隊の暗号名を告げると、交信を開始した。

「モノ一へこちらユラ四、キングの位置は六三桂馬の攻め上がり。図表暗号へ七六六四、赤〇二二になる。確認頼む」

ほどなく返信が来た。

「こちらモノ一了解した。あと二手で王手の見込み」

「了解、健闘を祈る」

これで地上部隊は、マッカーサー司令部の位置を把握したはずだ。

蝙蝠部隊はこの後も地上作戦の支援を行なう事になっており、岩村機は燃料の続く限り、この付近を飛行する手はずになっていた。

「直線で二〇キロか。日没前に突入できそうだな」

岩村はただただ緑に埋め尽くされた下界を見つめ、頷いた。すると赤見が、北方の空を指さして言った。

「時間を計算すると、あれは陸軍のいい助けになりそうですね」

岩村は赤見の示すほうに視線を向け「おお」と声を漏らした。

「神佑天助《しんゆうてんじょ》といったところかな」

二人の見つめる先には、真っ黒な雲が湧いていた。

そして現地時間午後四時四五分、マッカーサーの居る司令部付近を激しいスコールが襲った。

「雨は日没前にやむようですから、出港には影響無さそうです」

参謀の報告にマッカーサーは頷いた。

「魚雷艇の準備は出来ているのか」

「はい、予備も含めて三艘とも、燃料補給を終えて待機しています。敵機が消えるまでは艤装網を外せないので、桟橋までは移動できずにいますが」

気象予報官の気象予報を基に、マッカーサーは予定通り、日没後に魚雷艇で逃走する手はずとなった。必要な荷物をまとめ、スタッフが慌ただしく動き始める。

「敵の兵が前線の一部を突破したという、未確認情報が入っています」

無線の置かれたテントから伝令が来て、スタッフに告げた。

この声が聞こえた者たちの間に、緊張の色が走った。

「場所は？」

伝令から少し離れた位置に立った参謀が聞くが、伝令は耳に手をかざして聞き返した。

「なんですって？」

周囲は驟雨《しゅうう》の激しい雨音に包まれ、少し離れると大声を出さなくては会話もできない状況だったのだ。

すぐに参謀が大声でもう一度、敵の場所を問いただし、伝令分を見た兵士が慌てて答えた。

「北東およそ五〇キロ付近ですね。戦車部隊の一部と連絡が途絶しています」

手近なスタッフが、眉をひそめ地図を睨む。

「まさかそんな地点まで敵が突出しているとは思えないが、味方の通信途絶は嫌な兆候だ。すぐに危険はないと思いますが、とにかく早く司令官はここを離れるべきですね」

しかしマッカーサーは平然と答えた。

「この雨では船を出すのも危険だし、日没前では敵機に捕捉される危険が高い。まあ、じっと時間を待とう」

そのマッカーサーの言葉をきちんと耳に出来たものは、数人しかいなかった。それほどに雨は激しく降っている。

この雨音が、米軍にとって大きな仇となってしまった。

雨に歩調を合わせるように、関口率いる機械化部隊はマッカーサーの司令部目指し、密林を猛進していたのだ。

午後四時半過ぎの時点で、すでに部隊はマッカーサーの司令部まで直線で三キロにまで接近していた。これは、二式中戦車の戦車砲のギリギリ射程内という事になる。

雨は完全に、戦車の立てるエンジン音と履帯のかみ合う金属音を遮った。そして、凄まじいばかりの降雨は視界も遮り、スコールの中の前方視界は、五〇メートルしか確保されていなかった。

このためアメリカ軍は日本軍の急接近をまったく感知出来なかったわけだが、一方、進んでいる日本側もアメリカ軍の陣地の正確な位置はまだ把握できていなかった。

視界が明瞭であれば、とっくに遭遇戦闘が起きている距離にまで、両軍は接近していた。

しかし、まだ日本軍は米軍の正確な布陣を把握していないし、米軍も日本軍の接近を感知出来ていない。

だが、蝙蝠部隊からの事前連絡によって、日本側は大まかに敵陣地の構成を摑んでいる。事前連絡のあった反応箇所を地図に書き込んでいた関口は、敵が指呼《しこ》の間に居ることに気づいた。

「見事な不意打ちに成功したかもしれんな」

良く見えない視界の向こうに、かすかに動く人影らしきものを確認した関口がほくそ笑んだ。

「どうやら敵陣に到達したらしい。総員、戦闘態勢のまま前進継続、一気に突撃する」

関口がこの命令を下したのは、午後五時を過ぎた直後だった。

「敵塹壕を視認！」

右翼の二号車の三木から無線が入った。

「歩兵部隊を敵陣中央まで突入させるぞ！　戦車は全車そのまま敵陣を突っ切り、兵員輸送車の突入路を切り開くぞ」

関口が冷静に命令を下し、それまでスコールのせいで時速一〇キロ程度まで落としていた進撃速度を一気に上げて、敵の外周陣地へと迫った。

エンジン音が甲高く唸り、その音はスコールの騒音さえ突き抜けるほどの轟音となった。


ここに至り、米軍もようやく戦車の接近に気づき警報が発せられた。

「敵襲！　敵戦車来襲！」

怒号が響き、続いて大きな爆発音が轟いた。

日本側の戦車が発砲を開始したのだ。

「何事だ？」

まさか、こんな前線の遥か奥まで敵戦車が襲ってくると想像していなかったマッカーサー司令部の面々は、驚き目を丸くした。

「戦車です。陣地に戦車が突入してきました！」

急を告げる伝令の声にも、まだ半信半疑の表情の物がほとんどだった。ほぼ全員が、呆然といった体《てい》である。

すると、司令部のテントのすぐ近くで激しい爆発が起き、天幕の一部が引き裂かれ、爆風が内部まで吹き込んだ。

これが全員の意識を、現実に引き戻した。

「冗談じゃない、司令官を急いで退避させるんだ。急いで桟橋に」

参謀長が叫び、士官たちが書類を抱え、マッカーサーと夫人をテントの外に誘導した。

「魚雷艇だ、急いで艇に司令官を運ぶんだ」

作戦士官が叫ぶ。

だが、激しい雨の続く密林の中に踏み出た一行は、そこで足を止めざるえなかった。

見たことのない装甲車が目の前に迫っており、その後部から、日本兵が銃を構えて続々と飛び出してきたのだ。

「くそ、もうここまで歩兵が来ている！　衛兵応戦しろ！」

参謀士官の一人が叫んだが、この直後、肉薄した装甲車から機関銃の一連射が足元を薙いだ。

「降伏しろ！」

マッカーサーに肉薄したのは、木村大尉の率いる小隊の兵員輸送車一号車だった。

木村がカタカナ英語で必死に叫ぶ。

「フリーズ！　ユー、サレンダーナウ！」

米兵が反撃を試みるが、散発的な射撃はすぐに日本兵の集中攻撃によって沈黙させられる。

この交戦で、マッカーサーの足は完全に止められた。

一行は慌てて遮蔽物を探し隠れようとしたが。そこに再び機銃の掃射が走り、一発の銃弾がマッカーサーの足をかすめた。

「ガッテム！」

最高司令官の叫びと同時に、周囲の士官たちが拳銃を手に彼を囲んだが、目の前に小銃を構えて十人ほどの日本兵が迫り、どうにも反撃のしようもないまま包囲された。

「四つ星の階級章だ。マッカーサーに違いない！」

木村大尉が興奮して叫び、部下に命じた。

「こいつらを武装解除させろ」

米軍司令部のスタッフたちは銃を突き付けられ、渋々武器を捨てて両手を頭の後ろに組んだ。

木村がポケットからホイッスルを取り出し、激しくそれを吹いた。

敵司令官確保の合図である。

「一緒に来てもらうぞ」

兵に銃を突き付けられたまま、マッカーサーとスタッフ、そして夫人は、兵員輸送車の車内に乗り込まされた。

この一式兵員輸送車は一四名の兵士が乗れる大柄な車体だが、そこにぎゅうぎゅうに米軍士官が押し込まれ、二名の見張りと共に乗車が完了すると、ただちにハッチが閉ざされた。

「三宅《みやけ》、一気に突っ走るぞ」

兵員輸送車の操縦席の屋根に乗り込み、木村が叫んだ。

「了解！」

木村がホルスターから信号銃を取り出し、合図の発光弾を撃ちあげた。

撤収の合図である。

そもそも、ここは前線のはるか後方。ぐずぐずしていたら、それこそ周囲の米軍が群がってきてしまう。

この作戦は最初からマッカーサーの司令部のみを急襲し、その身柄を確保するか、無理であったら最悪でもマッカーサーを暗殺をするという内容だった。

偶然の助けもあり、作戦は見事にマッカーサー捕縛に成功した。

あとは、この捕らえた敵司令官を何としても味方の陣地まで連れていくことが任務である。

よく訓練された兵士たちは、すぐにまた残る七輌の輸送車に乗車し、残った敵兵を牽制しつつ撤退行動に入った。

兵員輸送車が動き出しても、捕らえられたマッカーサーは自分の身に何が起きているのか、正確に理解できていなかった。

敵襲という声を聞き、慌ててテントを出てから、まだ五分と経っていない。

それが今、敵に銃を突きつけられて、敵の車輌に箱詰めにされどこかに運ばれようとしている。

とてもではないが信じられるはずのない事態だ。擦過傷《さっかしょう》の痛みが無ければ夢だと思ったろう。

とにかくあまりに現実離れした事態に、マッカーサーだけでなく同時に捕らえられた士官たちも呆然としていた。

その米軍捕虜を載せた車両が後退を開始したのを確認し、関口が無線に告げた。

「二号車と三号車は、捕虜の護衛に張りつけ。このまま止まらずに一気に前線まで戻るぞ。残りの歩兵と四号車は、敵の追撃を足止めさせるんだ。殿《しんがり》は俺が務めるから、なるべく派手に暴れろ」

関口の指示が飛んだ直後、彼の戦車から主砲が放たれ、ヤシの葉で擬装された高射砲が吹き飛んだ。

高射速の高射砲弾は、対戦車砲弾としても有効だ。敵はまさかこんな場所に戦車が現れると思っていなかったから、砲口は空を睨んだままであったが、機転の利く兵士がこれを水平射撃してきたら、重厚な二式中戦車の装甲でも防ぎきるのは難しい。

関口は砲手の高井《たかい》軍曹に指示し、ほかにも敵の砲座を見つけ次第潰させた。

「攻め込むより逃げるほうが難しい。さあ、今夜は長い逃避行になるぞ」

関口の言葉は予言でもあるかのように、彼らの運命に寄り添う事となった。

まったく予期せぬ急襲で司令官を拉致された米軍であったが、他の部隊司令部がただちに異変を察知し、マッカーサー奪還のため、一時間後には兵を送り込み始めたのだった。

この追撃の敵兵力は厚く、これを押さえ込みながら撤退するのは、いくら最新鋭の戦車を擁する特別任務隊と言えど、かなりの重圧となった。

日没後、すぐに遭遇した敵兵力との戦闘では、歩兵にかなりの犠牲が出た。

主に戦車に跨乗していた第一小隊の兵であったが、やはり生身での戦闘となると、小銃しか持たない歩兵は容易《たやす》く倒れる。

追撃戦を開始した米戦力はおよそ一個大隊、逃走を続ける関口隊のおよそ三倍である。これに完全に追いつかれてしまえば、作戦は完遂しない。

身を削りながらも敵の足を止めるため、戦車が陽動に激しく動き、砲を放つ。

先行する木村の隊を生かすため、残った兵たちは必死の防戦を繰り広げていた。

戦車はありったけの榴弾と車載機銃で、敵の足止めを行なう。

深夜の密林に、曳光弾の交錯が延々と続いた。

「木村の車はどこで行った？」

砲塔の側面機銃で敵を掃射しながら、関口が無線手の野口《のぐち》上等兵に訊いた。

「味方前線まであと一〇キロ付近。我々の攻撃をすり抜けた部隊に追尾されているようです」

「二号車に任せるしかねえな。ここは全力で、この有象無象どもを足止めするぞ、こうなったら弾種構わず、敵の中央に叩き込め」

三輌の戦車は縦横に走り回りながら、とにかく敵を撹乱《かくらん》する。

その間に、兵員輸送車は一定の距離を稼いでは、遠距離から機銃で戦車を援護する。

敵の歩兵は、小銃や機銃では歯の立たぬ大きな戦車に翻弄《ほんろう》されるが、それでも果敢に反撃を試みる。しかし、戦車に気を取られている間に、密かに背後に回った二輌の兵員輸送車から歩兵が飛び出して挟撃され、あっという間に乱戦となり、追撃に割ける兵を抽出できない状況となる。

状況的には、戦車を有する日本側が有利に見えるが、ここが前線の後方に突出した地点である事を考えると、戦闘が長期化すればするほど、米軍に有利になるのは間違いなかった。

「引き際が難しいな……」

機銃の弾倉ベルトを交換しながら関口が呟く。

巧く立ち回らなければ、全滅もありえる。

その時、無線のレシーバーに耳を傾けていた野口が叫んだ。

「司令部より緊急、上空支援があります」

「この真夜中にか？」

関口が目を丸くして聞き返した。

「海軍の夜間攻撃機が向かっています。正確な爆撃地点を指示してほしいとのことです」

「攻撃機の現在位置は？」

「我が隊上空まで、あと一〇分」

関口は頷き、自分のマイクのスイッチを切り替え叫んだ。

「歩兵部隊はただちに後退、戦車の敷いた線の後方まで下がれ」

兵員輸送車でこの連絡を聞いた乗員が、すぐに周囲の歩兵に命令を怒鳴る。

小銃や機銃を抱えた兵たちは、射撃を続けながら必死で走り、戦車の後方に布陣し直した。

その時、関口のレシーバーに無線が入った。

「モノ一こちらデン一〇一、まもなく上空に到達。攻撃位置の指示を頼む」

「こちらモノ一関口、三〇秒後に星弾を上げる。その位置から北西に向け、一〇〇から三〇〇の位置に敵は布陣している」

「了解した。掃射を行なうので、歩兵は完全退避を」

この時、機械化部隊の上空に迫っていたのは海軍の言ってみれば秘密兵器にあたる、一式特殊攻撃機二一型であった。

機体そのものは一式陸攻のものだが、この機体は爆弾倉を持たない。

代わりに、地上攻撃用の各種兵器を搭載した日本陸海軍を通じて初のガンシップであった。

地上攻撃用に一二挺の一三ミリ機銃と、回転下部銃座に二門の二五ミリ機関砲、さらに四七ミリ速射砲も機首に一門積んでいる。実に堂々とした対地攻撃のスペシャリストである。

このほかに、対空武装として背面と尾部に二〇ミリ機関砲が搭載されている。

今この一式特殊攻撃機には、一機の夜間戦闘機が付き従っていた。本来ならまだ影も形もあってはならないはずのそれは、令和の過去世界で月光《げっこう》として知られる機体の発展型である。

二式夜間戦闘機、のちに正式に月光と命名されるこの機体は、令和の過去世界にあった月光とは機体の構成で大きく違っている点が二つある。

　まず武装に斜め銃を装備していない。その代わりに機首に二〇ミリ機関砲を四門、背部に一三ミリ連装機銃を装備している。

　そして主翼に、少し大きなレドームを持つレーダーが装備されている。これは令和過去の月光の装備していた単純な電波探知機ではなく、敵の方位と速度、さらに高度まで探知できるドップラーレーダーなのであった。

　そしてこの機体には、赤外線暗視装置が標準装備されており、パイロットは雲の中でも正確に敵を見透かすことが可能であった。

　その月光の編隊を率いるパイロット、遠藤《えんどう》少尉が、夜間暗視装置の映像を基に一式特殊攻撃機に無線で告げた。

「味方と思われる隊伍を視認した。星弾が上がれば確認完了だ」

　すると、一式特殊攻撃機の機長の下条《しもじょう》中尉が応答した。

「こちらの簡易暗視機でも、二群の軍勢を捉えている。手前が味方だな」

「そのはずです。待って、地上から発光弾だ」

　関口の打ちあげた星弾が高さ二〇〇メートル付近で弾け、密林を照らし出した。

　照明弾はしかし、密林の茂った枝によって地上までは照らさない。

　だが上空から味方の位置を確認するには、十分な合図であった。

「よし、奥側の敵に集中砲火を浴びせる。各銃座準備いいか」

　胴体下部に斜め下を向いて取り付けられた銃座の下士官達は、同時に答えた。

「いけます」

照準器の緑色の電光環を睨み、緊張する。

機体と敵の相対位置を確認した下条中尉が叫んだ。

「攻撃開始！」

それは圧倒的に美しい光景だった。

空から無数の火箭が、地上に向けて伸びていく。

絶え間なく放たれる銃弾は、オレンジ色の帯となり密林に吸い込まれ、地上で弾け、曳光弾は小さな火災をそこここに発生させる。

この無情なる光のショウとでも呼ぶべき状況の下では、無数の銃弾に米兵たちが避ける術《すべ》もなく晒され、あっという間に打ち倒されていく。

一分間におよそ五〇〇〇発もの銃弾が、彼らを襲ったのだ。その被害は想像を絶するほど凄惨なものになった。

米歩兵の七割が、この銃弾の滝に身を晒し、絶命することになった。

銃弾が地に降り注ぐ轟音は、地獄の底に向かう列車の爆音にも聞こえた。

離れた位置でこの攻撃の様子を見ていた日本兵たちは、その驚くべき威力に思わず背筋が寒くなるのを感じた。

あの攻撃に晒されて生き残るのは、はなはだしく困難だろう。瞬く間に虐殺されていく敵兵に、一部の日本兵は同情すら覚えたほどだ。

キューポラから身を乗り出し、夜間双眼鏡で敵情を観察した関口は、頬をひきつらせながら無線に告げた。

「敵は制圧された。組織的行動は不可能と思われる」

「了解した。この後、一時間周辺を飛行し、援護の要請があったら駆けつける。無事に味方陣地まで戻れることを祈る」

海軍機からの無線が切れると、関口はすぐに命じた。

「全速で撤退、とにかく夜明けまでに前線を超えるぞ！」

関口の計算では、先行している木村の分隊に合流するのは時間的に難しいと思われた。

ここは、なんとか木村に逃げ切ってもらい、マッカーサーを完全に捕虜として後送して、自分たちは夜明け前になんとか前線に到達する……そういう図式を頭の中に思い描いていた。

しかし、その先行している木村の部隊に、敵のトラック部隊が猛追してきた。

四台のダッジトラックに分乗した敵およそ五〇名が、前方に輸送車と戦車の姿を確認するや、距離に関係なく発砲を繰り返してくる。

撃たれたら速度を上げる。

だが一時的に引き離しても、また敵は迫り、射撃を行なう。完全に鼬《いたち》ごっこである。

「止まって戦闘するわけにはいかない。追いつかれるのは時間の問題か」

敵はすでに数百メートル後方にまで迫っており、相変わらず威嚇射撃を向けてくる。

この状況で兵員輸送車は速度を緩めず、護衛の二式中戦車も暗夜の密林で出せうるであろう最高速度の時速三〇キロを維持していた。

「一か八かで、走行射撃を試みます」

二式中戦車の車長三木《みき》から、木村に連絡が行った。

「当たるのか？」

「この距離ではまず当たりませんね。でも敵の足さえ停められればいい」

無線を切ると、三木は砲手に命じた。

「砲塔六時の方向、目標敵のトラック」

三木はそう言うと、砲塔を一八〇度回転させ、主砲を真後ろに向けさせた。

二式戦車の装備するスタビライザーは、この時代のものとしては進んでいる。しかし、走行しつつ発砲しても照準が定まるほどの精度は持っていない。

それでも米軍のM3中戦車のそれのように、故障を引き起こすようなデリケートな代物ではなかった。御殿場での実験で、最高速度でも連続射撃が可能な事を試作車で証明していた。

関口隊の面々は、完成直後からこの二式中戦車の操縦と戦闘に習熟するため、富士の裾野を縦横に駆けてきたのだった。

この見通しのきかない密林での戦闘でも、戦車の扱いにはまったく不安はない。


「岡田《おかだ》、とにかく下目に狙いを付けろ。着弾で怯《ひる》ませるんだ」

三木の指示で、砲手の岡田伍長は照準器の中に敵を捉えると、その照準をやや下側の車軸付近に合わせた。

「一瞬速度落とします、そこで！」

操縦手の平川《ひらかわ》伍長の声に、岡田は「おお」と答え、撃鉄の指に全神経を集中した。

平川が一瞬だけアクセルを緩めたその瞬間、照準器の中央に敵のトラックの一台を捉えた岡田が、主砲弾を放った。

砲弾は、敵のトラックの一メートル手前の地面に落ちた。

それが幸運だった。

激しい爆発で土埃が舞い、敵の運転手は驚き急ハンドルを切った。不整路での急激な転舵は、腰の高いトラックにとって命とりである。

狙われていたトラックは、たちまち横を向きそのまま横転した。

「やった、一台仕留めたぞ」

「いや、まだ三台残っている。油断するな」

ペリスコープを覗きながら三木が厳しい声で言う。

しかし、先頭のトラックが横転したおかげで、アメリカ軍との距離はほんの少しだけ開いた。

すかさず木村の兵員輸送車は速度を上げ、それをしっかりカバーする形で三木の戦車が後ろを固めた。

必死で逃げる彼らを、米軍のトラック部隊が追いかける。この図式は、結局変化のないまま継続された。

彼らが出発した時点の最前線は、あと五キロほどだった。

だが、作戦行動中に戦線に変化があった。

爆走する兵員輸送車の前方監視スリットから進行方向を見ていた無線手の長谷川《はせがわ》一等兵が「あっ」と声を出した。

「どうした？」

木村が気づいて聞くと。長谷川は慌てて言った。

「前方道路両脇に……」

このとき、後方の三木車の操縦士須藤《すどう》軍曹もそれに気づいた。

「車長、どうやら逃げ切ったようですよ、我々は！」

「え？」

三木が聞き返したその時、兵員輸送車と中戦車はまさにそのポイントを通過した。

それに遅れること一五〇メートル、米軍のトラックが道を過ぎようとした瞬間だった。

いきなり密林から、激しい銃火が放たれた。

密林の中には、およそ一個中隊の日本兵が息を潜めていたのである。彼らは、捕縛部隊出発後に一気に前線を押し上げ、ここまで進軍し、身を潜めていたのだ。

そして、なんとその突出部隊を指揮していたのは、田中連隊長その人であった。

「撃て！　敵を通すな！」

愛刀を抜き、白刃を水平に掲げた田中大佐の怒声が飛ぶ。

装甲のないトラックの荷台に居た米兵たちは、言ってみればむき出しの標的である。

密林の中からの銃撃で、米兵は次々に倒れ、トラックは三台とも急ブレーキをかけ停車した。

「突貫！　突っ込め！」

敵の動きが停まったとみるや、密林で待ち伏せをしていた兵士たちは一気に突撃を仕掛けた。

この間に、兵員輸送車と戦車は味方の待つ後方陣地までの道を一気に駆け抜けていった。

この瞬間、敵司令官捕縛作戦は完遂し、ダグラス・マッカーサーとそのスタッフは、揃って日本軍の捕虜となったのであった。

黎明《れいめい》が東の空を染めるころ、敵の追撃を振り切った関口たちの戦車隊も、ボロボロになりながらどうにか味方陣地に帰り着いた。

この作戦で、日本兵八二名が犠牲となったが、それだけの損害で敵司令官を捕虜に出来たのは、驚異の行動と言わざるをえないだろう。

襲撃を受けた米軍も、この朝の時点ではまだ事態の詳細を把握していなかった。

単に司令部が急襲されたことと、マッカーサーと連絡が途絶した事実のみが、陸軍の上部に通知されたが。それから一八時間後に日本政府が公式発表としてダグラス・マッカーサーを捕まえた事実を全世界に伝えるに至り、全米が震撼した。

まさか司令官が誘拐されるなど、誰が予想できたろう。

軍部の内部は半ばパニック状態となり、情報収集に追われ、マーシャル参謀総長は急なめまいを覚えて業務を中断し、医務室で休息を取らねばならなくなった。

陸軍の内部は、まさに激震に襲われた被災地さながらに大荒れとなった。

指揮官を失ったフィリピンが失陥するのは、もはや時間の問題とも囁かれ始めた。

この日ルーズベルトは、この戦争が一筋縄ではいかないものだという実感に、胸を押さえつけられたのであった。

「勝てる気がまったくしない。なんていうことだ」

大統領執務室、オーバルルームに大統領を訪ねたハル国務長官に、ルーズベルトは漏らした。

「勝たねばならんのです。どうにか軍を立て直さなければ、最悪、年内に敵はオーストラリアに迫るでしょうね」

「駄目だ、それだけは許してはならない。そしてハワイもまた守り抜かねばならん。彼らが、太平洋を越えてこのメインランドに足を駆けるような事態は、絶対に避けねばならん」

だが実際にはこの五月までに、アメリカは日本の潜水艦により二度の本土攻撃を許していた。

一度は小型水上機による無血攻撃、アメリカを愚弄する大量の宣伝ビラがサンフランシスコ近郊にばら撒かれた。

もう一度は、謎の兵器によるカリフォルニア油田への攻撃で、たった一度の攻撃で油田は激しく燃え上がり、ついには油井が暴噴状態に追い込まれてしまった。

アメリカ側はこの兵器の正体を突き止められなかったが、それは日本軍のロケット兵器、大口径の長距離噴進砲であった。

その仕組みはソ連軍お得意のカチューシャ、スターリンオルガンとも呼ばれる多連装ロケットに酷似したもので、日本海軍はこれを伊号潜水艦の水上機格納庫に航空機の代わりに詰め込み、アメリカ本土攻撃に使用したのであった。

無論、このロケット兵器も令和の技術が組み込まれている。その射程は実に四〇キロを越え、戦艦の主砲に匹敵するものであった。

しかもその命中精度は単なる撃ち放しのカチューシャと違い、集弾率およそ一〇〇メートルという驚異的なものであった。

これはロケット弾の発射システムそのものが、単なるレールローンチではなく、微妙な調整が可能なケースメートバレルを利用しているからであった。

つまりこれは、令和世界のＭＬＲＳに限りなく近い兵器だったのである。

アメリカはこの兵器の恐ろしさを、この先思いも寄らぬ場所で味わい続ける事になるが、それはまだ先の話だ。

アメリカはこの二度の攻撃を受け、西海岸の守りを強固にした。

沿岸警備の舟艇が三倍にまで強化され、日本の潜水艦は海岸まで接近するのが極めて困難になった。

しかしそれでも日本は、潜水艦をアメリカ近海に展開し続けている。

目的は情報収集のため、すべてはＹＴ予測のための活動だった。

　アメリカがマッカーサーショックに陥っている状況は、海面に出したアンテナで受信されるラジオの内容でも窺えた。

　ここで集まった情報は、およそ一週間後には大和の艦内で処理されることになる。

　しかし、そのマッカーサーに関するニュースの推移を知るより前に、日本海軍は、さらに大規模な作戦に取り組まねばならないのであった。

第2章　トリックゲーム

1

　フィリピンでの一大作戦が帰結するなか、南太平洋方面でも戦線に少なからぬ動きがあった。

　およそ一か月前、日本軍はニューブリテン島まで進出し、ラバウルに巨大航空基地の建設に取り掛かった。

　これは令和の過去昭和にも存在した日本軍の要塞とでも言うべき基地だが、ＹＴ予測機もまた、ここに基地の建設を強く推した。

　これは、この先の作戦と深く連動したもので、単純に基地を作るだけではない。ここを軸に、航空作戦を広域に展開する、いわばネットワークを構築するよう、人工知能は提言したのだ。

　このためラバウルには、陸海軍のあらゆる種類の航空機が集結し、巨大な飛行場が合計四カ所も開設されたのであった。

　そしてこの航空基地からの攻撃が、ニューギニアを巡る戦いの端緒となった。

　五月四日、ラバウルの第二飛行場、令和の過去世界においては中飛行場と呼ばれていたそこに、大型の陸上攻撃機がズラリと翼を揃えていた。

「マッカーサーが我が軍の捕虜になった。これは驚くべき話だな」

　そう言って満面の笑みを浮かべるのは、陸攻隊を率いる司令の大橋富士郎《おおはしふじろう》大佐である。

「とにかく戦争開始以来、我が軍は痛快なくらいに勝ちすぎてますね。凄い事だが、末恐ろしい気分になります」

そう答えるのは副長の山中竜太郎《やまなかりゅうたろう》中佐。

このラバウルに派遣されたのは、千歳航空隊の一式陸上攻撃機四三型の編隊であった。

「先行きが不安という意味か、それとも勝ちすぎてどうにかなってしまうという話か」

大橋が意地悪そうに聞いた。

「ある意味、その両方ですね。いったいこの先、戦争がどう転ぶのか、どうにも見えてきません」

山中はそう言って肩を竦《すく》めた。

「まあ、こんな化け物みたいに性能の上がった陸攻を、ほいと渡されている身としては、その先の見えなさ加減は同意だな」

短い期間に数々の改良を重ねてきた一式陸攻は、生産と並行して新型の開発が続けられ、その決定版とも言うべき機体が、この四三型であった。

まず二基のエンジンが新開発の空冷星型一六気筒排気タービン付きの三菱「火星」三二型に置き換えられ、なんと高度一〇〇〇〇メートルでの飛行が可能となった。同時に最高出力も一九七〇馬力と、けた違いに増加したため、最高速度はおよそ六〇キロも増速し、五一五キロにも達した。

これは現在アメリカの最新鋭重爆撃機であるB17E型の四九六キロよりも速いことになる。

両者の性能を見比べると、爆弾積載量を除けば全体的に一式陸攻のほうが上をいく。双発でありながら四発重爆を凌ぐ高性能機へと、生まれ変わったわけである。

しかし海軍は、この一式陸攻が陸上爆撃機の決定版ではないとして、すでに令和の過去世界で作られていた銀河《ぎんが》を凌ぐ万能陸上攻撃機の開発を始めていた。

その背景には、雷撃機として一式陸攻を運用することに躊躇があったためだ。

相手が航空支援のない戦艦であれば戦果は期待できるが、戦闘機の襲撃をかいくぐり雷撃を行えるだけの生存性は、この機体には無い。

言ってみればＹＴ予測機がそのような内容の三下り半を突きつけたのだ。

そのＹＴ予測機は、陸上基地からの航空攻撃能力増加を強く求めていた。

だが、これは真珠湾攻撃後に出された要求で、それまでは既存機の改修強化を推していた。

海軍陸攻部隊の改変作業も、その揺れ動く増強の指針に左右されていると言えた。

戦争が始まって戦局が変化すれば、必要な兵器の質や内容もコロコロと変わる。そんな当たり前の事実を、日本軍と政府は強く思い知った。

正直、今の日本の国力では、ＹＴが出す要求を満たし続ける自信はない。

いずれ大英断を下し、戦力開発の絞り込みが必要になるだろうと、鷹岳省吾は予想していた。

だが、まだ始まったばかりの戦争、そして勝ち続けている状況である現状では、多少の事には目をつぶり、新兵器開発に邁進《まいしん》しているのであった。

今のところ、ＹＴが必要と判断し生産を要求した兵器の九割近くが、実際に研究に着手、あるいはすでに完成の状態であった。

この背景には、令和世界から送られ続けてくる先取り兵器に関する知識が役立っていた。

完全とは言えないが、防弾機構を備えた一式陸攻も、そのＹＴの要求と令和からの技術情報によって完成した機体である。

その一式陸攻の真価が問われる作戦が、今まさに発動しようとしていた。

「本日の出撃は一式陸攻二四機。これに第一飛行場からの護衛の零式戦が三六機同行します。自前の戦闘機は一二機で、台南空から二四機が応援です」

ピストに勢揃いした航空機乗員を前に、飛行長の志垣《しがき》少佐が大橋《おおはし》司令に報告した。

大橋が頷き、隣の山中に言った。

「今回、おぬしは作戦を見守るために、編隊長機に同乗するのだったな。気を引き締めていけ。実戦は久しぶりだろう」

山中が頷いた。

「昇進後は初の戦闘です。中佐と言うのは翼を持っていかれる階級でしたからね、つい去年までは」

そう、海軍航空隊では、現場指揮の最上級士官は少佐と決められ、それを踏襲してきた。

しかし、真珠湾攻撃が決定し、淵田美津雄《ふちだみつお》中佐が攻撃総隊長に任じられたことにより。この鉄則は崩れた。

さらに戦争の激化と共に、腕に覚えのある操縦者や搭乗員出身の司令や副長といった指揮官クラスの人間が、比較的安全な作戦に同行するというのが黙認されるようになった。

その結果、海軍では左官クラスの士官搭乗員の実戦参加を正式に認めると、四月一日に通達したのであった。

これで中佐や大佐といった士官は、これまでのようにこっそりではなく堂々と航空機に乗って、戦場に出られるようになった。

ラバウルに進出した千歳空の定数は、陸攻が三六機に戦闘機が三六機というものであったが、陸攻は全機が飛来してこの第二飛行場に展開しているものの、戦闘機は一二機しか来ていない。

　これは、飛行機の輸送に際し、千歳空戦闘機搭乗員に空母離発艦の技能を持った乗員が少なかったため、輸送にあたった小型空母龍驤《りようじよう》から飛べると見込まれた一二名だけが選抜して送られてきたからだ。

　この海域の安全が確保されたのち、輸送船による運送で零戦を搭乗員もろとも北海道から運んでくるという話であったが、少なくともその安全は、これから行なわれる作戦が成功しないと訪れないだろうと、千歳空の面々は理解していた。

「発進は〇七〇〇を予定、進路は昨日の打ち合わせの通りで変更なし。戦闘機隊も同時発進で、進空速度は時速四〇〇キロを維持、攻撃高度は九〇〇〇メートル」

　飛行隊長の西野《にしの》少佐が攻撃計画を読み上げ、全員に質問がないか問う。誰も挙手しなかったことから、全員の腕時計の時刻合わせが行なわれた。

「〇六四五まであと四、三、二、一、てーっ！」

　日本海軍の航空時計は精度が高い。全員の時計がここで秒合わせを終えれば、帰還までその秒針は同じ時を刻むはずであった。

「総員かかれ！」

　号令が発せられ、各機七名から八名の乗員、海軍では一機あたりの搭乗員は複数であれば何人組であろうとペアと呼ぶ。その一式陸攻のペアが、整備を終え、すでにエンジンも始動している機体へと乗り込んでいく。

　管制塔の横のサインポールに、スルスルと幟が上がる。

各機、滑走路進入せよの合図だ。

一番機から順番にストッパーを外された陸攻が、エプロンから滑走路端のタキシングエリアに移動し、そこで離陸の順番を待ち始めた。

時計を睨んでいた飛行長が手を振り、サインポールに攻撃旗が上がった。

時刻は午前七時ちょうど、一番機が一気にスロットルを開き、滑走路を滑りだす。

ピストからそれを見送っていた面々の耳には、セラミックターボの奏でるキーンという独特の過給音が聞こえてきた。

ターボによるブーストで陸攻はさらに加速し、滑走路の三分の二の位置でふわりと浮いた。

陸攻一番機は危なげなく進空し、一気に高度を高めていく。

この時、少し離れた第一飛行場から、戦闘機隊の一番機が離陸していく様子が遠望できた。

台南空も千歳空も、装備している零戦は真珠湾攻撃で使用された艦載機の機体と、まったく同じものだ。

必要なら空母に着艦も可能な機体という事である。

陸上基地に展開する戦闘機には、地上基地でしか運用できない物もある。これが局地戦闘機だ。

現在、海軍ではその局地戦闘機として、ターボを装備した火星エンジンを積む、十四試局地戦闘機が最終試験の最中である。

令和の過去昭和で局地戦闘機雷電《らいでん》として知られる機体の、設計変更版だ。

令和過去の雷電は、その太い胴体が特徴であったが、空力的には判断ミスの設計であったため、機体のラインは一から練り直された。

しかし、火星エンジンがそもそも大型機のエン

ジンとして設計されていたので、戦闘機としては
やはり大柄な機体となった。

レザーバック式のキャノピーを持ち排気タービンを備えた戦闘機はその素性と言いシルエットと言い、まだ戦場には出てきていないアメリカ陸軍の戦闘機サンダーボルトの日本版と言った風貌に仕上がっていた。

だがまだ局地戦闘機に関しては部隊配備も少数で最前線までは運ばれてきていない。だからラバウルの戦闘機隊は、ほぼすべてが零戦によって構成されていた。

なおラバウルの第四飛行場は、陸軍の飛行場なのだが、ここには最新鋭となる二式戦闘機鍾馗と二式複戦屠龍が展開している。この両機種は、ラバウルの防空戦力としてここに運ばれてきている。

二式複戦の事はフィリピンでも触れたが、完全に対重爆用のボンバーキラーとしてこの地にやって来ている。

そして鍾馗は、ハ一〇九エンジンの改良型であるハ一〇九―Ⅱエンジンを搭載した対戦闘機戦闘の切り札として持ち込まれた機体だった。

実はこのハ一〇九―Ⅱがかなり生産に手間取るエンジンだったため、屠龍に比して生産が進んでおらず、現在前線に展開しているのは飛行戦隊二個のみであった。

何ゆえに生産性が悪いのかと言うと、実はこのエンジンはターボ過給だけではなくスーパーチャージャーと組み合わせたスーパーチャージタ―ボを組み込んでいるのだった。

元々が一一〇〇馬力程度だったこの一四気筒エンジンは、この組み合わせによって離床一六〇〇馬力にまで高められ、最高速度は六二〇キロにま

で高められた。

現在のところ、陸軍最速戦闘機という事になる。そして中島飛行機の開発した空戦フラップによって、軽快な運動性能を得ており、おそらく現時点ではどんな米軍戦闘機にも引けを取らない能力を持っていると言えた。

海軍の局地戦闘機が間に合っていない現状では、拠点防空の要《かなめ》として絶対に欲しい機体。連合艦隊司令部のその強い意向が、ラバウルでの陸海軍同居の一大航空基地建設に結実したのである。

第一と第二飛行場から離陸した戦爆連合編隊は、三〇分ほどで全機が離陸を完了し、上空で編隊を組むと、一気にニューギニアを目指し進撃を開始した。

今回の爆撃目標であるポートモレスビーまでおよそ片道五五〇キロ、二時間の行程となる。

中国大陸での戦いにおいて、台湾海峡を越えての渡洋爆撃で片道一〇〇〇キロを超える爆撃行に慣れている陸攻乗りにとって、この程度の距離はたいした作戦距離とは言えない。

だが援護の戦闘機にとってこの距離は、かなりの長距離飛行だ。たった一人で操縦しなければならないからである。

令和世界の過去での零戦は、落下式増槽を装備すれば最大航続距離三五〇〇キロ以上を飛べた。この世界の零戦は重さが増している分と防弾装備でタンクの容積が減ったため、増槽を使用しても最大三〇〇〇キロしか飛べない。それでも、全行程を一人で飛ぶのは難儀以外の何物でもない。

飛行中はトイレも座ったまま済ませる必要があり、戦闘機パイロットは小便袋と呼ばれる簡易トイレ代わりのビニール袋を携帯する。

これは枝葉的な話であるが、令和世界からの情報技術流入で、ゴムやビニールの生成技術が急発達した結果、この簡易トイレや避妊具の材質が画期的に向上し、頑丈かつ薄くなったという。特に避妊具に関しては、兵士たちに大歓迎されているらしい。

とにもかくにも、この長距離飛行を熟せるかどうかは、戦闘機乗りとして生き残るための重要なスキルと言えよう。

何より一人で飛ぶ場合は、自機の位置を確実に把握し、かつミスなく飛び続ける必要がある。

令和の過去世界では、飛行機の輸送中などの事故や操縦ミスでの損失がかなり多かった。戦闘損失に迫る機体数が、訓練や輸送などで失われているのだ。

令和からの手助けは、この航法ミスや操縦ミスを少しでも軽減するために、戦闘機に対しても自動操縦装置の設置を推奨した。

その結果、決まったコースをきちんとトレースする精巧な自動操縦装置が零戦には組み込まれている。これは、目標物の無い洋上を飛ぶ海軍機だからこそ重要な装備となったし、真珠湾の帰途などにこの操縦装置のアシストのおかげで無事に帰還できた機体も多かったことから、現在では新規に就役する海軍機には、ほぼデフォルトで組み込まれることとなった。

現在、巡航速度で陸攻隊に付き従う零戦隊も、まずはこの自動装置を稼働させ、操縦による疲労の軽減化を図っていた。

ちなみに陸攻には、日米開戦前から自動操縦は装備されていたが、零戦のそれのようにセッティングしたコースをなぞる式ではなく、単に速度と高度を維持し直進するだけの代物だ。

これは陸攻には専門のナビゲーターが同乗し、かつ正副二人の操縦士がいるため、航法にマンパワーを割けるから不必要だという考えによる。

しかし、現在試作中の新型万能攻撃機には、まったく別の基軸の自動操縦装置が取り付けられる予定になっていた。

それは対地レーダーを使用した地形判別型の航路判断機能を有する自動操縦装置で、これが実用化すれば、陸攻は夜間視界ゼロの状況でも確実に攻撃目標に到達できるようになるはずだった。

それもこれも、第四研究所が早々にドップラーレーダーを実用化し、さらに複数目標の同時モニターが可能な三次元レーダーまでも、まもなく完成させようとしているおかげである。

戦争に勝つための条件として令和から求めてきたのは、兵士の生命を出来うる限り守る戦いをしろというものだった。

令和の過去世界の軍事政権は、あまりに人命軽視の路線を突っ走りすぎた。

そもそも科学者である田伏雪乃と鷹岳省吾は、あのタブレットに納められていた情報で、日本の敗戦間際の特攻作戦の存在を知った時、心底から嫌悪を覚えた。

本来、人間としてそれが正しい反応なのだ。

しかし、国の敷いたレールでしか勉学をしてこなかった一般人には、国が求めたら死ぬことに躊躇しないという洗脳が行き渡っていた。

これがつまり、神風攻撃の常態化。そして無意味なバンザイ突撃による玉砕へと繋がっていったのだ。

鷹岳が海軍にコネクションを作るに際し、山本《やまもと》五十六《いそろく》に強くアピールしたのは、その兵士の命を経済的視点で捉え、人命の損失をコストの損失に置き換えて計算する方式だった。

命の値段は安くない、むしろ、高価と思われる兵器を使い潰したほうが、長期的な経済展望では有利なのだと、山本は即座に理解した。

そこで、航空機の生存性や戦車の強靭化、軍艦における火災消火対策などが具体化していったわけである。

今ポートモレスビーを目指す編隊も、令和の過去世界のままであったら一式ライターと揶揄された脆弱さゆえに決死の爆撃行となっていたろう。

だが、現在敵陣を目指す一同に、悲壮感はまったくない。

この新型機なら生きて帰れる。誰もが強くそう信じていた。


ニューギニア島に編隊がさしかかると、前方のオーエンスタンレー山脈にかぶさるように雲が発達していた。

予想以上に雲量があったが、編隊は一気に高度を八〇〇〇メートルに上げたので、完全に雲の上を飛行する形になった。

「このまま視界が開けないと、精密爆撃は無理だな」

飛行隊長の西野が渋い顔で言った。

「山脈の向こうにまで雲は広がってますね。ここは運に左右されそうですかね」

操縦士の南野《みなみの》上飛曹が、酸素マスクのずれを直しながら言った。

標高四〇〇〇メートルを超える山並みを越え、攻撃目標のポートモレスビーは目の前という所でわずかに雲に切れ間が見えてきた。

「運には見放されてなかったか」

西野が前下方の地形を地図と照合し始める。

この地図は、田伏由佳がタイムマシンで送って寄越したタブレットのデータの中にあった、精密な世界時図から起こした新規の航空図である。

一つ残念な点は、地形が令和五年のそれなのだ。海岸線など大きな違いはないが、市街地や幹線道路は、この昭和世界ではまったく姿が違う。

使うほうもそれを頭に叩き込んでいるから大丈夫だが、この航空図面、実は最重要機密文書であり、万一撃墜された場合、命に代えても処分せよというお達しが出ていた。

「敵の飛行場は、このままの進路でドンピシャだな。たいしたもんだな、この航法装置」

機種の爆撃手席でナビゲーターでもある道畑《みちばた》少尉が、膝の上の地図に書き込まれた目標と実際の視界を比べて言った。

「機長、そろそろ爆撃進路に入るので高度上げてください」

道畑に言われ、西野がぴしゃっと額を叩いた。

「いかん、忘れていた。今回は超高高度爆撃だったな」

現在でも酸素の薄い高度八〇〇〇付近を飛行しているが、攻撃高度はさらに一〇〇〇メートル高い位置に設定されていた。

これは、旧型の排気タービンを持たない一式陸攻二一型などでは、到達は出来ても攻撃行動の出来る高さではなかった。

この四三型は、実用最高高度が一一五〇〇メートルという、成層圏まで到達できる実力を持っていた。現在、この高度で爆撃の出来る機体は、世界でも指を折る程度しか存在していない。

成層圏の要塞と呼ばれたB29は、まだ試作機がようやく形になろうとしている段階で、アメリカは実際の生産にまだ苦労するはずだった。

これは、アメリカのスパイ網からの情報を基にしたYT予測でも示唆されていたが、現在のアメリカの軍産複合体は世論を、積極的戦争参加に完全には傾かせられていない。日本軍に負け続けている現状でようやく志願兵の数を増し、戦力の補充には目途《めど》が立ってはいるが、戦費の確保のための各種キャンペーンは思うように振るわず、募金もなかなか貯まっていかず、国債の売れ行きも芳《かんば》しくなかった。

一式陸攻の編隊が高度を上げ始めても、零戦隊は最初の高度を維持したままだった。これは、現在の零戦のエンジンには排気タービンが装備されておらず、空気の薄い高高度ではエンジンの出力の問題で、一式陸攻に追いつくのが難しくなるからであった。

しかし、これでいいのである。

戦闘機隊の任務は爆撃機を守る事、その守るべき爆撃機の居る高度まで、敵機を上昇させなければいいというのが、現在の布陣の意味だ。

アメリカ軍はおそらくレーダーで日本機の襲来を事前に察知したはずなのだが、爆撃進路に入った時点でも敵を視界に捉えていないはずだ。

日本側の侵入高度が、予想と大きく違っていたからだ。

イギリスからの技術供与で作られているアメリカの対空レーダーは、二次元的にしか敵を探知できない。つまり、日本軍機の高度の予測を間違えるのだ。

実際、アメリカ側は、これまでの研究と英国軍との戦闘経過から、日本の陸攻隊の戦闘高度は、せいぜい六〇〇〇と踏んでいた。

これは、このポートモレスビーに配備されているアメリカの最新鋭爆撃機B17の攻撃高度から割り出した数字だ。

B17は排気タービンを装備しているが、その過給機は日本のそれより性能が劣る。アメリカが決定版となるタービンを手に入れるには二年ほどの時間が必要であり、それまではこの高度六〇〇〇から八〇〇〇というのが、鉄板と言うべき高高度爆撃の高度帯なのだった。

実際、欧州ではB17やB24の爆撃に、独軍機は迎撃を苦労することになる。そのドイツが新型エンジン装備機やジェット戦闘機を投入する頃には、ようやく米軍機も高度一〇〇〇〇での攻撃が出来るようになるが、この時期には独軍機の数自体が少なくなったこともあり、結局、数にものを言わせる戦略爆撃は、当初と同じかむしろ低高度での精密爆撃へとシフトしていく。

ただ、この世界の欧州の戦況がこれをなぞるのかは、じつはYT予測をもってしても、大きな謎であった。

対連合軍には緻密に張り巡らせた諜報の網であったが、同盟であるドイツとイタリアに対する情報収集組織は、かなり脆弱なものしか出来上がっていない。

味方を必要以上に探ることに日本政府は危惧を覚えたし、令和の田伏由佳から、ヒトラーは利用すべきだが必要以上の接近や、警戒心を抱かせる行動は慎んでほしい、という指示が出ていた。

由佳がヒトラーの扱いに慎重を求めた背景には、AIとは別に、彼女が聞いて回った令和の軍事専門家の意見が大きく作用していた。

良くも悪くも、ドイツ第三帝国はヒトラーの意思に基づき動く。令和の過去においては、そのヒトラーは薬物中毒によって、その判断力をどんどん怪しいものにしていった。

おそらく、この昭和世界におけるヒトラーも似たような状況に追い込まれるのではないか、と由佳は睨んでいる。そんなドイツをあてにした戦いは、絶対にしてはならない。

由佳は雪乃に、そう明言していた。

欧州戦線の状況はのちに詳述するが、やはり太平洋戦線の戦況がかなり変わった事もあり、令和世界で把握している戦局と違いが目立つようになってきていた。

とはいえ現状で言えば、太平洋に影響を及ぼすほどの変化には至っていない。


それはともあれ、敵の侵入高度を見誤った米軍の戦闘機、大半はP40ウォーホークであったが、はるか上空の日本機を確認し、大慌てで上昇を開始したところであった。

零戦隊を率いてきた台南空の飛行隊長中島《なかじま》少佐は、すぐに敵の動きを察知し、千歳空戦闘機隊に対して、追従し迎撃するよう無線を送った。

零戦隊各機はこれを受信、バンクで了解を返した。明瞭に無線が通じても通話がごたつくのを嫌い、ほとんどの者がいまだサインによる意思疎通を続けている。

日本の戦闘機は上昇する敵機の頭を押さえるべく、援降下を開始した。

彼我の高度差は二〇〇〇ほど、完全に頭を押さえ込まれる形になる米軍は明らかに不利だった。

「敵機は全部で三〇ってところかな」

台南空の第一小隊右翼を担う坂井《さかい》三郎《さぶろう》一飛曹はさっと敵を見回し、その全体像を把握した。

坂井の目は確かなもので、たしかにこの日迎撃に上がった米軍機はぴたり三〇機であった。

日本機は落ち着いた挙動で敵の動きを牽制し、なんとしても爆撃機の高度まで上げさせまいと編隊ごとに大きく余裕ある陣形を敷き、がっぷりと敵に食らいついていった。

　上空からは、戦闘状態に陥った彼我の戦闘機の様子が手に取るようによく見えた。

日本の戦闘機隊は、巧みに敵の頭を押さえると得意の巴戦に編隊ごと持ち込んでいく。

旋回性能では、米軍のウォーホークは零戦に絶対敵わない。

　本当なら優位な位置から速度にものを言わせたパワーバトルが、米陸軍航空隊のセオリーなのだが、緒戦から完全に崩されてしまったわけだ。

　台南空は四月に搭乗員の一部入れ替えがあり、ほぼベテランで固められた構成になっていた。それだけに、編隊空戦にはまったくの乱れが見られない。

　千歳空の零戦隊も熟練搭乗員だけで編成されており、巧みに敵の後ろを取っている。

　戦闘開始から一分も経たぬうちに、米軍機三機が火に包まれて落下していった。

　Ｐ40は操縦席を防弾板が囲むというアメリカでいう所の追撃機の代表的な戦闘機だったが、巧みな操縦で肉薄し、二〇ミリ機関砲を放つ零戦の攻撃に、あっけなく火を噴いてしまった。

　この両者の戦闘は、すでにハワイ空戦で日本機有利が証明されていたが、海軍最優秀とされる空母搭乗員以外でもこの零戦優勢は崩れなかった。

規模は小さいものの、フィリピンでもＰ40とＰ36、そしてバッファロー戦闘機が台湾からの零戦部隊によって屠《ほふ》られていた。

この空戦には、今飛んでいる台南空のパイロットの一部も参加していたので、米陸軍機への対応には慣れていた。

一方、対応している米側は、これが初陣と言う兵が多数を占めていたのだ。

この力量の差は、如実に戦況に反映された。

米軍機は完全に頭を押さえ込まれ、一機たりとも日本の戦闘機の網をかいくぐる事が出来ず、上空の陸攻隊は最終爆撃進路上で、ついに爆弾倉を開いた。

「雲量一、かろうじて滑走路の端が視認できます。爆弾投下用意……三、二、一、今！」

先頭の西野機を皮切りに、陸攻隊の爆弾投下が始まった。

今回の爆撃は、敵飛行場の滑走路破壊が主任務だ。全機が敵飛行場上空で、爆弾を投下する。

米軍は飛行場の表面に鉄板を敷くことで、被害を受けても復旧がすばやく出来るように工夫している。

だが陸攻から放たれた大型の二五番、つまり二五〇キロ爆弾は、簡単には埋めるのが難しい大穴を滑走路に穿《うが》つ。

しかも今回は、意図的に時限信管付きの爆弾を混載している。

これは速やかな復旧を目指し、大型の機械、ブルドーザーやクレーン車などが持ち込まれた場合に威力を発揮すると見込まれていた。

二四機の陸攻が投下した爆弾の総量は、九六トンに達する。一式陸攻四三型はエンジンの強化と機体設計見直しで、最大積載量は五トンにまで達し、初期の機体の倍近くまで増えている。今回の出撃は速度と高度の兼ね合いで、一機あたりの搭載量は四トンにされたが、この量の爆弾を一気に浴びせられた米側は堪ったものではなかった。

成層圏からの爆撃であったため爆弾はかなり広く分布したが、それでも半分ほどが滑走路に墜ちた。そしてそれぞれが大きな穴を開けたから、たちまち滑走路はその機能を奪われた。

米軍は近傍に予備の退避滑走路を持っているので、現在戦闘中の戦闘機隊が帰還する場所は無事に確保できている。

だが、地上に置かれたままの爆撃機群、本来だったらフィリピンに運ばれる予定がまわりまわってここに運ばれた多数のB17と旧式のB18爆撃機は、離陸するための道を塞がれてしまった。

今回の爆撃では、地上の航空機の損害は軽微だった。日本軍の飛来を予期して、ほとんどの機体が滑走路から離れた避退壕に移動されていたからだ。爆撃が終わった時、上空に迎撃に上がった米戦闘機のうち一三機が零戦に撃墜されていた。

日本側にも被弾機が四機出ていたが、撃墜には至っていない。

結局、米軍機は陸攻の居る高度には到達できず、その任務は完全に失敗に終わった。

地上で爆撃の中を必死に逃げ回っていた整備員たちは、悠然と遥か高空を去っていく日本の爆撃機をただ忌々しく見上げる事しか出来なかった。

というのも、米軍がこの基地に配備していた高射砲の射程は高度七五〇〇付近までしかカバーしていないので、日本の陸攻に攻撃を加えることが不可能だったのだ。

かくして、上陸の前段階となる作戦初日の第一幕は、日本のワンサイドゲームによって幕を閉じたのであった。

2

ポートモレスビーの空爆が実施されたおよそ一時間後、時刻は午後に入っている。

ここに至り、南雲中将率いる第一機動部隊で動きがあった。

ちなみに、この機動部隊の名称は五月一日に改称になった。改装空母の飛鷹《ひよう》と隼鷹《じゅんよう》が戦列に加わった事と、この先の作戦展開を考えての呼称変更である。

この時、機動部隊は、ソロモン海東方に布陣していた。

「敵艦隊の状況が、だいたい摑めたようだ」

空母加賀《かが》の艦上で、艦爆隊の三矢《みつや》大尉が自分の分隊員を前に言った。

「さっき戻ってきた偵察隊の報告ですね。やはり予想通り、敵は二手に別れていたようですね」

木崎《きざき》一飛曹が飛行帽を被りながら言った。

「今からの攻撃だと、帰りは薄暮になりますね」

「まあ、初撃は戦果を挙げられればいい程度だと司令部では言っているようだから、無理に畳みかける必要はあるまい。適当な所で、さっさと帰還するのが正しい」

三矢の言葉に、隊員たちは顔を見合わせた。

「いいのですか、そんなことで」

「判っておらんのう、今回の作戦の大事な部分が」

そう言うと三矢は持っていた航空地図をその場で開き、全員にそれを見るように言った。

そしてすばやく指を動かしながら言った。

「こうなって、こうなって、こうだから我が艦隊はここにいるわけで、敵を叩きすぎるとこっちの敵が本気で動いてしまって……」

ようやく合点がいったのか、木崎が頷いた。

「ああ、なるほど、西の敵が寄りすぎると輸送船団自体が危なくなるわけですね」

「その通りだ、あっちの艦隊の相手は我々ではなく、第二の担当だ」

三矢はそう言って木崎の肩を叩いた。

その間にも爆装を終えた急降下爆撃機が彼らの前を通り、エレベーターへと運ばれていく。

すでに赤城《あかぎ》、加賀、蒼龍《そうりゅう》、飛龍《ひりゅう》の四隻の空母の甲板には、攻撃隊が整列を開始している。

「敵空母は二隻、ホーネットとレキシントンと目される」

赤城の艦橋前のピストで集められた搭乗員を前に、淵田中佐がブリーフィングを開始していた。

黒板に書かれた彼我の艦隊の位置を指揮棒で示しながら、淵田が続ける。

「敵までの距離およそ四三〇キロ、こりゃあ予想以上に近かったわけや。最初の予想じゃ五〇〇キロ程度ちゃうかとなっとった。そやからまあ慌てて出撃するわけやが、ええか、ここで敵には生き残ってもらわな困る。わかっとるな」

いきなり奇妙な事を言う淵田であったが、搭乗員たちはきちんと理解しているのか一様に頷くだけだ。

「でもまあ先を考えると、一隻は退場してもらった方がええ。てなわけで今回は一航戦と二航戦は歩調を合わせてレキシントンを叩くことになった。ええか、ホーネットへの攻撃はレキシントンがさっさと沈んでしもうた場合のみ集中させるんやで。儂も上でよう見張っとるからな」

艦爆隊長がやや軽い感じで「了解しました」と答えた。

「しかし、やりすぎを諫《いさ》められるとは奇妙な作戦ですな」

戦闘機隊長の板谷《いたや》が淵田に言った。

「まあ、戦争のやり方が変化したちゅうことやな。YTが導入されてから、すべてが変わってもうた。真珠湾で攻撃予告をした時から、うちらは未知の戦争の中におる、そう山本長官が漏らしておったそうや」

「はあ」

そもそもここにいる人間の大半はYTの正体を知らない。まさか自分たちの戦争の方向性を機械が決めているなどとは夢にも思っていない。

それだけに山本五十六の言う未知の戦争の真意は、おそらく違う受け取り方をしている。

山本は未来から託された記録によって、令和の過去世界が辿った悲惨な敗戦の道を知っている。

今、自分たちはそれとまったく違う戦争を戦っているという自覚から、未知の戦争という言葉が自然と出てきたのだろう。だが、現場にいる人間たちは単に、戦争指導の方向性の変化や戦術の大幅転換といった、目に見える部分だけが未知であると受け取っている。

いずれにしろ、この先もYTの示す方向に歩調を合わせていくしかない。大本営も連合艦隊も、そう強く認識していた。

勝手に戦争を押し進めれば、待っているのは破綻だけ。その現実を上層部は、空襲で焼け野原になった東京や原爆に破壊された広島、長崎の写真と共に強く心に刻まれた。

そのせいでここまで勝利に恵まれながらも、日本軍の占領範囲は令和の過去よりも狭まったものになっている。

このソロモン海と珊瑚海を舞台にした機動部隊決戦が始まろうとしている段階で、まだ日本軍はソロモン諸島には進出していなかった。

実はここが戦争にとって大きな舞台になると、YTは予測を弾き出している。

それだけに不用意に踏み込めないでいるのだ。

そして、この方面での戦いを優位に進めるためにどうしても必要なのが、ニューギニア島の占領であり、それには要衛ポートモレスビーの無力化が最重要の課題となっていた。

つまり今、準備の進んでいる攻撃こそ、そのポートモレスビー攻略作戦にとって不可欠な誘引作戦なのであった。

現在のアメリカ側の状況を説明するとこうなる。

日本のニューギニア攻略作戦が動き出したのを察知した米軍は、四月末に修理のなったエンタープライズを加えたエンタープライズ、ヨークタウン、ホーネット、レキシントンの四隻の空母を二つの任務艦隊に分けており、東側のバヌアツを起点に展開したのが、先ほど南雲率いる第一機動部隊に発見されたミッチャー中将率いる第21任務部隊のレキシントンとホーネットだった。

残るスプルーアンス中将率いるエンタープライズとヨークタウンを基幹とした第11任務部隊は、オーストラリアのケアンズを起点に、ニューギニアの南部付近珊瑚海を遊弋《ゆうよく》している。

南雲艦隊が攻撃隊を準備している段階で、米側は日本艦隊の位置をまったく把握していなかった。

すでに上陸船団がラバウルを二日前に発している事は把握していた。しかし、これに歩調を合わせているはずの機動部隊の様子がまったく摑めていない状態で、自艦隊を二つに分けている。

おそらく日本の機動部隊が、別目標を攻撃に向かったと推理した動きなのであった。

まあ、これはほぼ当たっている。

南雲の部隊は、バナジアアイ島の米海軍補給所を攻撃しようと動いていた。

その行程として一度大きくソロモン諸島の南東まで進出し、敵の目をかいくぐったわけだが、そこで珊瑚海方面に進出しようとしていたミッチャーの艦隊に遭遇したわけである。

一方、接触されたミッチャーの第21任務部隊は、日本艦隊の位置を探ろうと躍起になって偵察機を飛ばしていたが、まだその存在を確認できないため攻撃機の準備を諦め、艦隊防衛のために戦闘機を全力で用意し始めたところであった。

「敵の攻撃が予想される。全艦戦闘態勢を維持」

ミッチャーの指示で、艦隊は輪形陣を組んだ。

対空砲を備えた戦闘艦で空母を囲むのは、防空戦闘の基礎である。

この時、第21任務艦隊は大西洋からやって来た二隻の戦艦ノースカロライナと最新鋭のサウスダコタを中心に二隻の重巡と三隻の軽巡、そして八隻の駆逐艦という堂々たる布陣で進んでいた。

真珠湾で失った戦艦の穴は埋まっていないが、大西洋方面に戦艦も空母も必要性が少ないという判断で米本土艦隊を取り崩し、太平洋艦隊の立て直しを図った結果、現在太平洋には五隻の戦艦と四隻の空母が置かれ、さらに空母二隻の派遣も検討されている。

空母サラトガとワスプは、ノーフォークで太平洋派遣に向け、最終的な整備と艦載機部隊の収容準備を行なっている。

ＹＴでも指摘されていたが、アメリカは空母戦力のすべてを、新造の空母が出来るまでの期間に太平洋に集中させる計画であった。

まだ日本の諜報では探り切れていないが、この世界でもアメリカは、空母の増強計画に着手していた。エセックス級はすでにドックで建造を開始、護衛空母クラスの軽空母も、すでに建造途中だった輸送船などを基に改造に手が付けられ、この夏にも最初の完成艦が進水する。

ただ令和の過去と違っているのが、その建造計画の規模だった。

明らかにペースが遅い。

令和の過去では週刊空母とまで呼ばれ、年間五〇隻以上が就役することになる小型空母なのだが、この世界で現在計画されているのは年間二五隻程度の案に従ったものだった。

ただし、正規空母に関しては、年間一二隻という案を維持している。

この背景には、小型空母の運用は難しいのではないかというアメリカ海軍内部の意見と、戦時予算の割り振りの段階で、補助艦艇に対する予算割当が大幅に削られている事実が、大きくのしかかっていた。

それでも、この先のアメリカと日本の建艦競争では、間違いなくアメリカに軍配が上がる。

この戦争を勝ち抜くためには、日本はいかに手駒を減らさず敵艦を沈め続けるか、という高難度の戦術を維持しなければならない。

それを理解している上層部だからこそ、ＹＴ予測を信仰さながらに崇めているとも言えた。

そのYT予測の膝下に居る鷹岳にしてみれば、何でもかんでも機械予測を信じる傾向に危惧を覚えていたが、それを口に出来ぬほど陸海軍揃ってYTを頼りにしている雰囲気があった。

ミッチャーの艦隊が万全の防衛体制を敷く中、南雲の艦隊から合計一二二機の攻撃隊が発進した。

全搭載機のおよそ半分弱の出撃。これは発進機数が増えることで敵への進撃が遅れるのを嫌い、ある程度の戦果を期待できる最低限の数を抽出した結果の陣容だった。

攻撃隊長は淵田中佐自身。

攻撃隊の全機が発進すると、空母部隊はすぐに進路を変え速度を上げた。

編隊の進撃方向から艦隊位置を推測されるのを防ぐための転進だ。

攻撃隊一二二機の中には、蝙蝠部隊の最新鋭機二式艦偵二機も含まれていた。

その二式艦偵の偵察員席、それは彗星には存在しない三個目の座席で、胴体の内部に潜り込んだ位置、つまり本来は爆弾倉である位置に設けられた艦偵専用の仕様なのだが、そこに着座した若狭大尉は空中無線の状況を確認してから、操縦士の三俣少尉に言った。

「ちょい高度上げて、編隊を追い越してくれ。先に敵の上空に到着したい」

「いいんですか？」

「今回の任務は、新装備の実験的意味合いもある。単独で先に敵上空に入るのも、その一環だ」

これを聞いて三俣は、斜め下の座席の若狭を振り返った。

「それ、つまりあれですよね、敵から逃げ回り続けろと言う……」

「その通り」

これを聞いて三俣は内心で「ひい」と悲鳴を上げた。

それはそうだろう。いくら追いつける敵が居ないとはいえ、対空砲で狙われながら、なおかつ敵機からも逃げ回る。操縦士の負担は、とんでもないものになる。

「ほれ、尻に帆掛けて飛んでいけ」

若狭が気軽に命じた。

「ええい、どうにでもなれ」

三俣は操縦桿を引くと、スロットルも同時にグイッと開く。

二式艦偵は、あっという間に編隊を追い越し、突き進む。

この様子を見て編隊の最後方にいた蝙蝠部隊の二番機が、慌てて無線を寄越した。

「中隊長、どうしたんです？」

若狭は無線のスイッチを切り替えるとこう言って返した。

「ちょっと実験してくる。こっちに万一の事態が起きたら、貴様が任務を全うしろ、牟田中尉」

「え？」

牟田は首を傾げたが、機銃手の大崎《おおさき》二飛曹はすぐにピンと来たようだ。

「若狭大尉は、おそらくこの二式艦偵の限界を探りにいくんですよ」

「な、じゃあ大尉は、単独で敵上空に突っ込んでそのまま留まる気か」

「でしょうね」

牟田が大きく首を振った。

「どんな肝っ玉してるんだ、あの人」

この間にも若狭の艦偵はぐいぐいと突き進み、攻撃機隊を置き去りにしていった。

時間の経過とともに、ミッチャー部隊の警戒が強まる。そして午後四時すぎに、サウスダコタのレーダーが若狭の艦偵の姿を捉えた。

「敵機と思しき反応、単機でこちらに接近しています」

この報告にミッチャーは眉を寄せた。

「おそらくそれは先行偵察機だ。この上、まだ偵察の必要を感じるのか、慎重だな敵は。いずれにしろ、その後方に攻撃隊が居るのは間違いないだろう。ただちに戦闘警戒を全艦に出せ」

それから数分後に、外周を進む駆逐艦エッシャーの見張り員が若狭機を視認した。

間髪いれずに、対空射撃が始まる。

しかし対空砲の砲弾は、若狭機の後方にしかその爆発の花を咲かせられない。

「敵機速いぞ！」

急いで対空砲でタイミングの測り直しがなされるが、これがなかなかうまく調停できない。

結局、きちんとしたタイミングでの攻撃がなされないまま、若狭機は艦隊の中央に到達した。

「レキシントンとホーネットに間違いないな」

上空から敵空母の様子を観察して若狭が言った。

「敵機来ます」

この時、上空にすでに待機していた敵戦闘機のうち四機のグラマンＦ４Ｆワイルドキャット戦闘機が、若狭機に向かってきた。

「よし逃げろ、一度退避して戻ってくるぞ」

若狭の号令で、三俣はスロットルを目いっぱい開いた。

横須賀工廠製のＤＢ６０５コピー、まあ海軍での形式名は遊星一一型なのだが、その液冷過給機付エンジンが、ギューンという独特のタービン音を残し加速した。

もうまもなく敵を捉えられると思って襲い掛かっていたグラマンの編隊は、それこそあっという間に置いていかれた。

戦闘機のパイロット達は、必死で追いすがろうと加速するのだが、二式艦偵の速度は驚くほど速く、編隊は完全に置き去りにされた。

「我に追いつける敵機無し、上々である」

さすがに無線に呟くことはなかったが、高速偵察機に乗ると、一度はこの手の台詞を吐きたくなるらしい。

攻撃隊が到着するまで、この鬼ごっこで若狭機はまったく敵を寄せ付けず、敵艦隊の上を行ったり来たりした。

そしておよそ一〇分が経過した時、ついに攻撃隊本隊が敵艦隊上空に現れた。

「かかれ！　艦爆隊、突入や！」

雷装の九七式艦攻に乗った淵田が、無線機に怒鳴る。

この時、米艦隊上空ではすでに空中戦が始まっていた。

攻撃隊の艦爆隊の突入に先んじて、増速した戦闘機隊四五機が、敵の護衛戦闘機の群れのど真ん中に突っ込んでいたのだ。

戦闘はあっという間に乱戦となり、米戦闘機隊は組織的に爆撃機と攻撃機への突入を阻止された形になった。

格闘戦は予想通り、零戦有利に進んでいる。

この状況は、遅れてきた蝙蝠部隊の二番機のカメラによって撮影されていた。

「若狭隊長機はどの辺を飛んでいるんだ」

二式艦偵の偵察員席は横に小さな窓があるだけで視界が悪い。牟田中尉がその狭い視界をキョロキョロしていると、視界の隅に二式艦偵独特の尖ったシルエットが目に入った。

若狭機は敵空母レキシントンの真上に陣取り、旋回しているようだった。

「艦爆隊が突っ込んできたな」

自機のカメラを操りながら若狭が呟く。

合計三六機の急降下爆撃機のうち二四機が、編隊単位でレキシントンの上空に突入する。

レキシントンは爆弾を受けてはならじと転舵でこれを躱《かわ》そうとするが、爆撃機は左右から来るのでどう舵を切っても進路上に敵機が居るという状況になる。

レキシントンの動きを読み切った編隊から、順番に急降下が開始された。

まず突っ込んだのは、加賀の艦爆第一小隊だ。先頭を切って突っ込んだ三矢大尉は、どんぴしゃの進路で爆弾を放った。

投下された二五〇キロ爆弾は、そのままレキシントンの艦橋直前の甲板に突き刺さった。

激しい爆発が起こり、艦橋が大きく揺らぎ、甲板の一部がめくり上がった。

この爆発に艦橋に居た操船スタッフは例外なく足を救われ転倒し、艦長は操舵輪に激しく体をぶつけ鎖骨を折った。

続けて二番機が放った爆弾も艦首付近に炸裂、艦がまたも揺れる。

三番機の爆弾は微妙に外れ、至近弾となった。

この一連の攻撃で一瞬だが、舵取りの空白時間が生まれた。スタッフが軒並みが転倒したためだ。

この隙を残りの艦爆は見逃さなかった。

ほぼ同時に六機が、レキシントン目掛け降下を開始した。

急転舵が出来ない状況での攻撃、しかしここで対空射撃が踏ん張りを見せた。

突っ込んできた九九式艦爆のうち二機が対空砲弾を受け炎上し、うち一機が空中爆発した。

この影響ですぐ近くを飛んでいた僚機は、爆撃を中止せざるえなくなった。

この結果、爆弾を投下できたのは二機だけとなった。

しかし、この爆弾は必殺弾となった。

一発は後部エレベーター付近に、もう一発は艦尾ぎりぎりに命中し爆発した。

エレベーター付近の着弾は、そのまま格納庫内に被害を広げ、庫内にあった雷撃機の列を破壊し、火災を引き起こさせた。

レキシントンの甲板から火柱が上がるのを確認し、若狭が口笛を吹いた。

「すばやい、もう勝負あったも同然だな」

これを聞いて三俣がぴしゃりと言った。

「まだ空母一隻と戦艦二隻残ってますよ。それにレキシントンはまだ沈みそうもありません。ハワイ沖でのエンタープライズを思い出してください。あれだけの傷を負って、もう戦線に復帰してます、気を抜いたらダメでしょ」

「俺が抜いても、攻撃隊がしっかりしてりゃ問題ないだろう。ほれ雷撃隊が攻撃態勢に入ったぞ」

若狭の言うように九七式艦攻六機がレキシントンに向け、突入を開始していた。

この時、攻撃態勢にあったのは、赤城の艦攻隊の九七式一号艦攻六機で、そのうちの一機は攻撃隊長の淵田の乗った機体であった。

激しい対空砲火をものともせず、艦攻隊は魚雷を放つ。

重い魚雷を落とすと、機体は一気に浮き上がる。各機ただちに回避に入るが、この瞬間が敵に狙われやすい。

上空に向け旋回した四番機が、敵の攻撃を受け火を噴いた。

「やはり単発機は、まだまだ撃たれ弱いな」

味方が撃たれるその状況にも、若狭は冷静さを崩さずに言った。

蝙蝠部隊の隊員に要求されるのは、情を捨てるほどの冷静さなのだ。味方を見捨ててでも自分だけは生きて帰れと命じられている蝙蝠部隊。どうしても冷徹でなければ務まらない。

本心では違っていても、指揮官である以上、若狭は味方の死を淡々と冷静に記録し続ける。

若狭の目の端に、墜落していく米軍の戦闘機が映った。いつの間にか、二式艦偵の居る高度にまで敵機が上がってきていたのだが、それを攻撃隊の直掩《ちょくえん》戦闘機が墜としてくれたらしい。

機動部隊の戦闘機隊には、蝙蝠部隊を優先して守れという命令も出ている。

速度で逃げることの出来る二式艦偵ではあるが、どんなに速度差があってもポジショニングの如何によって、攻撃に晒されることは避けられない。

どうやら自分はその危険を目前に、味方に救われたと気づいた若狭は、思わず両手を合わせ翼を翻した零戦を拝んだ。

「すまん、感謝する。いつか礼が返せることを祈ってくれ」

敵機を撃墜した零戦は、若狭の声が聞こえたわけではないだろうが、軽く翼をバンクさせてから次の敵機を目指して旋回機動に入った。

この間に、航空隊の攻撃は終盤に入っていた。

放たれた魚雷はレキシントンに三本の水柱を上げ、さらにその直後に二発の追加の爆弾が命中。

ここでついにレキシントンは大傾斜を始めた。

「仕留められるで、どんどん行けや！」

拳を握りしめ、淵田が無線に吼えた。

爆弾、魚雷を抱えた攻撃機がレキシントンに群がる。最初から一隻に攻撃を集中するとしていたため、残った者はここぞとばかりに畳みかけた。

もはや、炎を噴き上げながら傾斜していくレキシントンに逃れる道はない。

運命の女神は、ついにこの太平洋戦争における最初の空母損失の旗を、米空母レキシントンの上に掲げたようであった。

3

空母赤城に戦況がリアルタイムで入ってくる。すべては高性能化した無線のおかげであった。

「レキシントン転覆！」

通信を聞いていた艦橋の人間は、いっせいに歓声を上げた。

「初の空母撃破だ。よくやった淵田！」

航空参謀の源田《げんだ》中佐が、被っていた帽子をくしゃっと両手で握りしめながら叫んだ。

「まだ攻撃していない残りが、艦爆八に艦攻一二もおる」

ここまでの通信をきちんとメモっていた草鹿《くさか》参謀長が、満面の笑みで言った。

「戦艦二隻に攻撃を集約させましょう」

源田が南雲長官にそう進言したが、南雲は軽く手を振って言った。

「こちらから言わなくても淵田が良く理解しているだろう。探知されにくい電波とは言え、艦隊から通信を行なうのは、やはり控えたい」

「ああ、申し訳ありません。ようやくのこと、空母での戦果が得られたもので」

源田が頭を掻きながら言った。

機動部隊幹部の面々、特に航空関係者はハワイ決戦で仕留めたと思ったエンタープライズの思わぬ早さでの戦場復帰が、少なからずショックだったようである。それだけに、レキシントンを沈めたことが嬉しさ百倍といった様子なのだ。

「本当ならここで、第二波を出してホーネットも沈めたいところなのだがな」

作戦参謀の小野《おの》大佐がそう言って、悔しそうな表情を浮かべる。

「夜間の収容作業は困難なうえ、ＹＴ案件において、ここで空母二隻を沈めてしまうと、残る二空母を攻撃する機会が失われる可能性が高いと出ているのだ。自重せねばな」

草鹿参謀長がそう言って、メモを取っていた鉛筆を振ってみせた。

そうなのだ、ＹＴ予測機はアメリカの作戦を弾き出してきた時に、もっとも効率的に敵を叩く方法として、先に接触するであろう東側艦隊、現在交戦中のミッチャーの第21任務部隊を半壊する程度に叩いた上で、上陸船団を待ち受けているはずの西側部隊、つまりスプルーアンス率いる第11任務部隊を突けば、全空母を屠れるという予測を示してきた。

連合艦隊も機動部隊も、今回はこの案に完全べッドしたわけである。

今、その賭けは、まず当たりの目に変わりつつある。

この引きを完全なものにするには、ミッチャーの部隊への攻撃を、この一撃に留めるのが肝心なのだ。なぜなら、明日になる決戦の第二段階に敵に予備の空母が残っていなければ、罠が発動しないと目されているからなのである。

交戦中の淵田隊は、草鹿の言うように作戦の内容をきちんと理解していた。

レキシントンの最後を見た未攻撃の爆撃機と雷撃機は、いっせいに敵の旗艦と目される戦艦サウスダコタに群がった。

最新鋭とは言え戦艦に機敏さはない。速度などはハワイで沈めた旧型より勝っているものの、武装などに目新しさはない。唯一、対空レーダーと水上レーダーの両方を装備している点が戦力として突出していると言えたが、頭上に攻撃機が舞っている状況では戦艦に新型も旧型もない。単なるでかい的である。

実際には、防火性能や防御力そのものが上がっているので、沈みにくい船になっているが、集中攻撃の前には、あまり意味をなさない。

攻撃隊は激しい対空砲火を相手に大善戦し、四発の爆弾と七本の魚雷を、サウスダコタにお見舞いした。

さしもの新造戦艦も、この数の命中弾の前にはひとたまりもなかった。

「サウスダコタ轟沈！」

赤城の艦橋は再び歓声に揺れた。

「百点満点に近いな、これは」

源田が笑いの止まらない表情で言った。

「おい航空参謀、へらへら笑っておらんで、帰ってくる攻撃隊の出迎え準備をせんかい」

草鹿参謀長の怒鳴り声が、源田を襲う。

「了解しました」

源田は大慌てで艦橋から飛行甲板へと向かっていった。

すると、そこへ通信長がやって来た。

「長官、呉の大和より戦況の督促です」

「おっと、忘れておった。新型無線を使っての情報通信をしなければいかんかったな。草鹿少将、やってきてくれ」

「了解です。嬉しい報告は、さっさと送るに限りますな」

草鹿が太い腹を揺らして通信室へと駆けた。

この赤城に設置された新型通信装置は、テスラ理論に基づいて田伏雪乃の第四研究所が完成させた電離層境界反射式の通信機で、理論的には昼夜関係なく地球の裏側ともダイレクトに通信できるものだった。ただし、音声通信ではなく、雪乃はこれをデータ圧縮通信の専用機として完成させた。

これは説明するまでもなく傍受対策だ。

そもそもこのシステムでは、完全に同期していないと傍受できないわけだが、そこにさらに音声ではなく圧縮信号でやり取りすることで、暗号化が図られる。これを解読する技術は、現在のところ、日本以外世界中に存在しない。

それはそうだろう。この信号部分の暗号プロトコルには、令和の技術がふんだんに盛り込まれているのだ。

この赤城からの通信は、問題なく呉で改修を受けていた大和の通信機に届いた。

この日、大和は、ドック内で進水を終え、泊地へ移動したところであった。

「この方式は、入力がすばやく出来ていいですね。新しい機械言語と親和性が高い」

ＹＴ予測室の湯浅《ゆあさ》少尉が、送られてきた戦況報告を見ながら鷹岳に言った。

「第四研究所とかなり擦り合わせたからね、その部分」

自分もデータの入力準備をしながら鷹岳が答えた。

「それにしても、ついに空母一隻撃破か。敵の戦艦も残り少なくなってますね」

「うん、でも忘れちゃだめだ。今日沈めたサウスダコタは戦争が始まってから就役した艦で、アメリカはまだこれから複数の新造戦艦を送り出してくる」

「でも、我が国もこれから武蔵《むさし》が就役しますよ。信濃《しなの》の工事も進んでいますし」

湯浅の言葉に、鷹岳はある事を思い出した。

「そうか、信濃は戦艦のままで生まれるんだったなあ。まあ、普通の戦艦とはまったく違ってしまうが」

この言葉の深い意味を湯浅は知らなかった。これはまだ機密度の極めて高い話だったからだ。

「信濃がどうかしたんですか？」

湯浅が聞いても、鷹岳はとぼけるしかない。

「いやまあ、こっちの話だ。たぶん深夜までに、機動部隊向けの新しい作戦指針を、ＹＴが弾き出す。夜なべして作業になるな」

「もう慣れっこですよ」

熱気の篭るＹＴ予測室の電算室内では、班員たちがシャツ一枚で入力作業に取り組んでいた。

日本とは時差なしの海域で起きた戦闘であるから、日本も夕刻になっていた。

ただし、日の長い日本ではまだ空は明るい。

一方、南半球の機動部隊は、赤道にごく近い場所ではあるが季節的には冬の南半球のため、ほどなく日が暮れようかという時間になっていた。

位置を事前に決めてあったものの、機動部隊に無事帰れるかは、操縦者の目に空母が映るその瞬間まで不安なものだ。

日本の攻撃隊は、何とか大多数が無事に帰ってこれたようで、四隻の空母では忙しく着艦収容作業が始まった。

対空砲火や空戦での被害を受けた機体が、真っ先に降りてくる。

被害の大きかった機体は、無事に着艦してもその場で海没処理される。

午後六時四〇分に最後の一機が空母蒼龍に着艦し、機動部隊全体の被害集計がまとまった。

未帰還機は一一機。戦闘機五に艦爆三、艦攻三といった内容で、目撃証言などからその全機が被撃墜と判断された。

どうやら途中不時着の機体は出なかったようだ。

そして、帰還後に処分された機体が四隻合計で七機出た。

これらの数字から言えることは、損害は極めて軽微で、待ち構えていた敵に突っ込んだ状況から考えてみれば、まさに最小限で済んだと言って過言ではなかった。

各空母ではすぐに機体の整備が始まり、明朝未明の発進を見越しての準備が進む。

明日、南雲艦隊に課せられる任務は、無論、残った空母ホーネットの撃破であるが、そのほかにもやるべきことがあるのだった。

「地上施設は確実に潰さねばならん」

夜間照明に切り替わった赤城の作戦会議室で、源田が飛行隊の指揮官を集めて話をしていた。

「順番は前後するかもしれんが、バナジアイの攻撃隊は定時に発進するよう準備を進める。万一、敵の残存部隊との接敵と被さった場合のみ、発進を繰り下げるがな」

源田の言葉に、淵田が頷いた。

「ここを叩かねば、モレスビーを陥落させても、おちおちできん状況になるんやから、やらにゃあかんわな」

「そういう事だよ、しっかり頼むぜ」

源田がにやっと笑いながら言った。

「任せてくれや。わしは島には行かんがな」

そう言って淵田はワハハと笑った。

勝っている軍の兵士は一様に明るい。開戦から連勝を続ける機動部隊の中は、本当に陽気に溢れていた。

一方、負けている側はそうはいかない。

沈められた旗艦サウスダコタから必死の思いで逃げ出したミッチャー中将は、司令部をノースカロライナに移していた。

これが牢屋に入れられたハルゼーだったら、何が何でも指揮をホーネットの上で執ろうとしたろう。だが、ミッチャーはあえて守りの堅牢さで戦艦を選んだ。

「日本の空母部隊のおおよその位置は判った。明朝、こちらが何とか先制して攻撃したいが、ほかに意見はあるか」

ようやく濡れた軍服を着替えられたミッチャーが参謀たちに聞いた。

「敵のニューギニアに向かっている輸送船団の動きが気になります。そもそも機動部隊は、なぜこちらに向かってきたのでしょう。まるで我が艦隊がここに居るのが判ったかのような攻撃でしたが」

　こちらはまだ制服を着替えられずにいる参謀長のバスケス大佐が言った。

「輸送船団の対応は、スプルーアンスの艦隊に一任するしかない。救援を求めなかったのも、敵に第11任務艦隊の位置が露呈《ろてい》しないようにするためだ。幸いにも敵の攻撃は一波のみで、ホーネットが無傷で残ったのは幸運だった。我々はまだ攻撃のための翼を持っている」

　ミッチャーが強い語調で言った。

　彼らの戦意はまったく挫《くじ》けていない。

　沈んだ二隻の生存者救助には二隻の駆逐艦を宛てがい、残った艦隊は日本の機動部隊の尻尾を摑むため、西北西に進路を取り進軍を続けた。

　さて、このソロモン諸島近海での戦闘が決着したころ、ニューギニア周辺の状況はどうなっていたであろう。

　まずアメリカ軍は、ポートモレスビーの飛行場を最大速度で修理すると、午後四時にＢ17の編隊をラバウルに向け発進させた。薄暮爆撃を敢行しようとしたのだ。

　これに対しラバウルでも夜間爆撃を敢行するため、一式陸攻一二機が零戦二四機と共にモレスビーを目指した。

　この両者はニューギニアのポポンテッタ上空付近ですれ違ったが、互いに相手を無視してそれぞれの攻撃目標へ直進した。

　夜が近づき、天候は回復してきていた。

　まずラバウルを襲った米軍のＢ17は、迎撃に上がった陸軍の鍾馗《しょうき》と屠龍《とりゅう》によって五機が撃墜された。爆撃の被害としては、第二飛行場に少なからぬ穴を開けられたが、代替の飛行場が複数あるラバウルであるから深刻な被害にならない。

一方、日本側は、高度八〇〇〇付近で、敵戦闘機一五機に待ち構えられた。朝の爆撃で米軍は、一式陸攻の高高度爆撃性能を見せつけられたためだ。

零戦には少し荷の重い高度での戦闘になったが、まあまあ善戦した。P40を三機撃墜し、零戦に被害なし。

だが一式陸攻三機が攻撃を受け、被害が出た。

この中の一機は右エンジンが破損し、ニューブリテンまで帰還が出来ずニューギニア北岸のラエの友軍拠点近くに不時着した。ここは二か月前にニューギニア東部の最初の上陸点として前進拠点が設けられ、陸軍一個師団が敵と対峙していた。

機体は全損したが、ペアの七名は最終的に全員がラバウルに生還した。


爆撃の成果としては、滑走路に命中弾二〇発と周辺の対空砲陣地のいくつかを撃破といったところであった。

あまり効果のある爆撃とは言えないが、これにはちゃんと意味があった。

それがつまり、ポートモレスビー攻略船団探索のための米哨戒機の発進を妨害するということであり、米軍は見事にこの罠にはまり、船団への接敵はまったくなされていなかった。

足の遅い輸送船が多いだけに、一度位置が露呈してしまえば完全にカモにされてしまう。それだけに、相手に周囲を見る暇を与えないこの攻撃の手は、何より重要なのだった。

そして、この爆撃の裏で、日本のもう一つの空母部隊が動き始めていた。

それは瑞鶴《ずいかく》と翔鶴《しょうかく》の第五航空戦隊を中心に、南遣艦隊から切り判された龍驤と、日本から急派された瑞鳳を加えた、新編成の第二機動部隊である。

指揮を執るのは、南遣艦隊から横滑りの形で着任した小沢《おざわ》治三郎《じさぶろう》少将。

第二と名はつくが、航空戦力的には第一機動部隊のほぼ三分の二の戦力となる。

実は、本来はここに改造の終わった二隻の準正規空母である隼鷹と飛鷹が加わる予定になっているが、現在この二隻はまだ錬成中で、戦場には出せないのであった。そこで急遽、二隻の小型空母が組み入れられたという次第であった。

令和の過去世界では、ポートモレスビー攻略作戦の前段で、輸送船団を巡る海空戦が勃発し、それがそのまま珊瑚海海戦へと繋がった。

敵に発見されたせいで、輸送船団は反転を余儀なくされ上陸の機会を逸した。

この時、上陸を果たせなかった部隊が、のちにガダルカナルで全滅の憂き目を見る一木《いちき》支隊だったのだが、この世界ではポートモレスビー攻略に抽出されたのは、四国の善通寺第一一師団所属の歩兵第一二連隊と、同じく歩兵第四四連隊の兵士であった。

上陸戦力が令和過去世界より格段に増えているのは無論だが、その護衛の仕方も変化している。

直接護衛を第四水雷戦隊が担い、軽巡一隻と駆逐艦一二隻がぐるっと船団を囲み、潜水艦をまったく寄せ付けない態勢を敷いていた。

そして、直接護衛の中に空母が居ない。

アメリカは察知できていなかったが、第二機動部隊は、常にぎりぎりの距離でこの船団をエアカバーできる位置に居たのだ。

現在、彼我はほぼ一〇〇キロを隔てているが。

輸送船団護衛の軽巡那珂《なか》には対空レーダーが装備されており、ここで敵機を探知したらすぐに機動部隊から救援の戦闘機が駆けつける手はずになっていた。

だが幸いにも、この瞬間まで輸送船団に接触してくる敵は居なかった。

そこには、敵の裏をかくような進路のとり方も関連している。ものの見事に船団は、米軍が出した潜水艦や小型艇の哨戒ラインを外して進んできていたのだ。

もし米軍が沿岸監視の目をほんの少し強化していたら、あるいは船団は発見されていたかもしれない。

彼らは危険を承知で、ビスマルク海を突っ切って来ていたのである。

これはすべてYT予測の指示によるものだった。

YT予測機は、米軍の哨戒線の張り方をほぼ完璧に予知してみせたのである。

こうして闘いの場がソロモン海にあるうちに、作戦初日は終わった。

そして、上陸作戦開始の当日となる作戦二日目の朝が明けようとしていた。

この日、戦場は一気に拡大した。

まずその端緒は、やはり第一機動部隊と、ミッチャーの第21任務艦隊との第二ラウンドによって開かれたのであった。

4

日本側のレーダーが米軍機の編隊を捉えたのが、午前八時二〇分の事だった。

「敵機およそ六〇機接近中」

ただちに戦闘機隊が発進する。

この時、すでに対敵艦隊攻撃の攻撃隊は空母を後にしていた。

「今日は思い切り暴れていいぞ」

ホーネットとノースカロライナを狩りに出撃した淵田は、袖まくりしながら無線に告げた。

昨日、ホーネットを意図的に生き残らせたのは、あそこで完全にミッチャーの部隊を叩いてしまうと、スプルーアンスの艦隊が救助にくる可能性が高かったためだ。

そうなると、バナジアイへの攻撃が出来なくなる可能性があった。

今回の作戦においてYT予測が求めてきた勝利条件の一つに、このバナジアイの米軍施設の完全破壊と言う項目があり、これがいくつもの戦況推移のケースの中で、必須条件にあげられていたのだ。

日本軍側は、なぜこの島が重要なのか、この時点ではよく理解していなかったが、機械予測を信じることに慣れてしまった海軍上層部は、すんなりこの作戦案を取り入れることにした。

それがつまり、敵空母を意図的に泳がせるという作戦で、今からホーネットを叩いても西側の敵空母はソロモンまで進出しないという確証が、日本側にはあった。

その第一の理由が、この時間に動き出していた。

第九師団の上陸準備は、ほぼ整っていた。

現在、敵に発見されることなく珊瑚海に入り、そのまま夜のうちにフッド湾沖まで進出していた。

ここは目標のポートモレスビーまで、およそ一〇〇キロの地点になる。

正午までに着上陸を行なうのを目標に、船団は準備を進めており、午前九時ちょうどに護衛の駆逐艦隊による艦砲射撃が始まった。

これで、間違いなく、敵の第11任務艦隊は動き出すはずだ。

ラバウルから発進した蝙蝠部隊の陸偵は、ポートモレスビーの飛行場の修復具合を確認する。

「上陸開始前に修理が完了しそうだ」

報告が周辺の全艦隊とラバウルの司令部に飛ぶ。

ここでの対応はもう決まっていた。

「初撃は機動部隊からの爆撃だ。ついで陸攻隊によるダメ押しになる」

そう言って双眼鏡を握りしめるのは、第二機動部隊司令官の小沢少将である。

機動部隊は、攻撃機およそ四〇機を発進させるところであった。

直掩の零戦が一〇機、大型爆弾を搭載した艦攻が三〇機、これは瑞鳳の戦闘機隊と翔鶴の艦攻隊による編隊であった。

残る航空兵力は、すでにほとんどが対艦兵装で準備を終えており、偵察機による敵機動部隊発見の報告を待っている。

小沢たち司令部スタッフが、重そうな九七式艦攻を見つめていると、通信室からの放送が耳に飛び込んできた。

「第一機動部隊接敵、敵編隊と現在交戦中」

小沢がぐっと顎を引き締めた。

「始まったか」

南雲機動部隊からの報告通り、第一機動部隊は護衛の零戦三三機が、一気に敵攻撃隊へと襲い掛かり戦端を開いた。

敵は全力で仕掛けてきた。合計六二機の攻撃隊は、艦隊の上空護衛の戦闘機を差し引けば単艦である米側としては格納庫を空にする規模の出撃である。

一方、迎え撃つ日本側は、この攻撃を予想していたので、攻撃隊護衛を減らしてまで艦隊直掩機を増やしての迎撃となった。

数では米軍が優勢だが、肝心の戦闘機が少なく、結果的に日本側は爆装が邪魔で満足に回避できない米の艦爆と艦攻に、容易に襲い掛かった。

空戦は最初から乱戦となり、米軍は編隊単位での突入を断念し、個々の突撃を命じた。

運よく日本の攻撃をすり抜けた急降下爆撃機が、まず空母加賀を狙って降下してきた。

艦長は回避を指示する一方、砲術長に大声で命令を下していた。

「ぶっつけで実戦使用だ。例の奴を使え」

「ああ、マルキンですね。了解しました」

砲術長は艦内放送のマイクを握った。

「高角砲座に至急、各砲は接近する敵に対し、マルキン装着弾にて迎撃を開始せよ」

飛行甲板の両脇の、対空砲が並ぶスポンソンでの動きが慌ただしくなった。

空母加賀には八基の一二・七センチ連装高角砲座がある。都合一六本の砲身に供給される高射砲弾、それの種別が切り替わった。

マルキンの暗号で呼ばれるそれは、海軍第四研究所が作り上げた近接作動信管のテスト弾を示すものだ。

まだ本格生産に入っていないこの弾薬を、南雲機動部隊は二週間前に、各空母につき二〇〇発程度だが支給されていた。

機関砲と違い、発射の回転速度の遅い高角砲だから、この程度の量でも一回の戦闘には十分な量と言える。

近接作動信管は、どうしても信管部分が大きくなるので、弾頭の口径は大きいほうが有利だ。令和過去の米軍では四〇ミリ砲などから使用していたが、日本海軍の平均的高射機関砲は二五ミリ。マルキンを載せるには弾頭が小さすぎた。

そこでこの一二・七センチ砲に白羽の矢が立ったのだが、実は海軍は高角砲を一〇センチに統一する動きを見せており、マルキン弾の本命はそちらという事になりそうだった。

この長一〇センチと呼ばれる砲は新設計で、砲身などは令和の過去の防空駆逐艦秋月《あきづき》型が搭載していたのと同じだが、その発射機構は改良され、自動給弾により一分間二〇発の発射速度を確保している優れものの高角砲であった。

この砲自体はすでに就役した秋月に搭載されており、艦隊防衛用の駆逐艦は、最低二基が設置する改修プランで進められることになっていた。

だが、その新型砲が出揃うまでは、旧来のこの一二・七センチが艦隊防空の切り札となる。

手動装塡のために、発射速度は遅い。高空までカバーできるとは言え、その存在はこれまで微妙なものでしかなかった。

だが、マルキンの出現が、その連装高角砲の立場を一気に押し上げた。

迫りくるドーントレス艦上爆撃機、加賀の右高角砲が、いっせいに敵機を目掛け発射された。

数秒後、その敵機の至近で一気に三発の高角砲弾が爆発し、黒煙と共に破片を散らした。

高角砲は、爆発の破片で敵を攻撃する。言ってみれば空の榴弾砲だ。

無論、直撃すれば問題なく爆発するわけだが、敵の至近距離で爆発するようにタイマーをセットして撃ち出すのがこれまでの戦い方だった。

だがマルキン弾は、単に敵を狙って撃つだけでよかった。

敵が近傍に接近したことを電波で察知した信管が、勝手に爆発してくれる。

今、その真価が、加賀の乗員の目の前でベールを脱いだ。

「初撃でいきなり撃墜だ！」

対空砲座の兵士たちは、目を真ん丸にして上空を見上げる。至近弾を食らったドーントレスは、翼を折られ、きりもみ落下していった。

これが皮切りとなり、空母の放つ対空砲は敵機を次々に屠り始めた。

別段、砲撃密度が濃いと感じられないのに、次々撃ち落されていく味方機の姿に、米軍の搭乗員たちは恐怖を覚え始めた。

「日本軍の砲撃はマジックなのか？」

それでも彼らは果敢に攻撃を続け、ついに日本空母の一角に被害を与えた。

「蒼龍被弾！」

急降下爆撃機の放った五〇〇ポンド爆弾が、蒼龍の前部甲板付近に命中した。スルッという感じで飛行甲板の下に入り込み、艦首部の甲板に炸裂したのだ。

この爆発で飛行甲板を支える支柱が曲がり、飛行甲板の端が斜めに曲がってしまった。

幸い火災は発生せず、蒼龍の航行には何の問題も起きなかった。

ただこの被害によって蒼龍は、着艦収容は出来るが航空機の発進が著しく困難になった。

まっすぐ飛ぼうと加速したら、片垂れした甲板によって飛行進路が捻じれてしまい、最悪、海に突っ込むことになる。

攻撃を受けている段階では、この被害状況はまだ詳《つまび》らかになっていなかったが、攻撃終了後の調査で、野戦での修理は困難と判断され、蒼龍は作戦終了後に機動部隊から切り離されることになる。

そしてそれが結果的に、この空母の運命を大きく変えるのだが、それはまた後の話だ。

米軍の攻撃機が全機投弾を終えた時、日本側はこの蒼龍の被害のほかに、護衛の戦艦榛名《はるな》が魚雷一本を受け速度を低下させていた。

比叡《ひえい》にも五〇〇ポンド弾が当たっていたが、これは特に大きな被害を与えていなかった。命中箇所が主砲塔の前面部で、厚いバーベットが被害を最小限に止めてくれたのだ。

日本の戦闘機の奮戦で、敵機は一八機が撃墜、これに対空砲によって七機が追加で墜とされているので、合計二五機もの損失を米側は被ったことになる。

護衛戦闘機隊の被害は、被弾着水した零戦が二機出たが、乗員はいずれも無事救助された。

さて、では米軍の空母を攻撃に向かった淵田隊はどうなったのかと言えば、これはもう文句なしの勝利を得ようとしていた。

「今ので何発目だ？」

空母ホーネット上空で旋回する攻撃機の上で、下界を見下ろした淵田が操縦士に聞いた。

「爆弾は四発目ですね。魚雷は二発当たっています」

ホーネットは激しく炎上していた。

黒煙が高度一〇〇〇メートル付近まで立ちのぼり、艦は完全に低速になっていた。

よく見れば、喫水がもう限界まで下がっている。

「放っておいても沈むやろうが、きちんと引導渡してやるべきやな」

そう言うと淵田はマイクを摑んで叫んだ。

「畳み込めや！　一気にいてもうたれ！」

もう命令と言うより単なる掛け声である。

しかし、この淵田の発破《はっぱ》に呼応する形で、まだ攻撃を終えていない爆撃機と攻撃機が一気にホーネットに群がった。

反撃の火箭もまばらな断末魔の空母に立て続けに爆発音が響き、号令から三分後、ホーネットはいきなり大爆発を起こした。

「ホーネット轟沈！」

それまで黙って聞くばかりだった攻撃機隊の搭乗員たちがいっせいにバンザイを叫び、その声が無線の上で何重にも木霊した。

「ええい、じゃかあしい、まだ戦艦が残っとる！気を引き締めえ！」

淵田が再度吼えた。

その残る最後の大物、戦艦ノースカロライナもすでに大きく右に傾斜していた。

「完敗だ。悔しいが敵の搭乗員技量は、神業に近い」

傾いた艦橋の中で、ミッチャーが苦虫を嚙み潰しつつ吐きだした台詞がこれだった。

残る日本機が群がる中、ミッチャーの司令部に届いたのは、ポートモレスビー近郊に日本軍上陸開始の報告であった。

「これが上陸作戦の支援行動だとしたら、日本軍はどれだけ広い視野で戦争を仕掛けているのだ」

またしても爆弾の命中で足元を揺られながら、ミッチャーが言う。

そのミッチャーの元にまたしても報告が届いた。

「スプルーアンス提督の第11任務部隊は、現在敵機動部隊と交戦中」

「なんだって！」

寝耳に水。

自分が戦っていた敵機動部隊の空母の数が足りていない事実には気づいていた。だが、まさか残りの空母が機動部隊を編成し、上陸船団を攻撃するために待ち構えていたスプルーアンスと、正面からのど突きあいを演じようとは思ってもみなかった。

「敵はいったいどこから湧いてきた。我々は何を見逃していた？」

怒りより諦めのほうが強い感情となり、ミッチャーの意識を覆う。

こんな奴らを相手に戦争に勝てと言うのか。どう考えても日本軍は、異次元の論法で戦争を仕掛けてきている。

絶望感に視界が暗くなるのを覚えたミッチャーに艦長が言った。

「そろそろ退避の準備をしてください。この艦はもうもちません」

またしても海水浴をしなければならないのか。

ミッチャーはそう考えてから首を振った。

「いや、私は最後までここに居る」

「え？」

スタッフたちが驚いて指揮官に視線を集めた。

「ここまでの完敗を喫して、おめおめ生きて帰る事は出来ん」

これを聞いていた参謀長が、いきなり提督に歩み寄り、無言で渾身の右フックをその顎に喰らわせた。

「あ、が！」

脳が揺れた。

ミッチャーはその場に崩れ落ち、失神した。

「まだ死なれては困るんです。手隙の者は手伝え、中将を救命ボートに乗せるんだ」

総勢六人がかりでミッチャーは艦橋から担ぎ出され、まだ退艦命令の出ていない段階で救命ボートに乗せられ旗艦を離れる事になった。

彼が目を覚ました時、ノースカロライナは大傾斜しながら海に沈みゆく途中であった。

「死に損なったか」

去っていく日本機の小さな姿を見つめ、ミッチャーは呟く。

こうして作戦二日目の最初の海戦は終わった。

無論、予想通りの結末、ＹＴの出した数値と両軍の被害状況は、まさに近似値であった。

ミッチャーを救助した駆逐艦がバヌアツに向け動き始めたころ、南雲艦隊からバナジアイ攻撃隊が発進した。

この攻撃隊は、島の補給施設を完全に破壊するのが目的だった。

これまでここが攻撃目標であることを悟られないために、日本軍は意図的に精密な偵察を行なわずにいた。

だから、実際に島に到達した攻撃隊は、その光景を前に目を丸くした。

「いつの間に、こんなもの作り上げたんだ」

艦爆隊を率いてきた飛龍の川島《かわしま》大尉が、目の下に広がる光景を首を振りながら呟いた。

そこには二〇を超える石油タンクと、大型艦が接岸できる給油専用の桟橋が何本も作られていた。

実はこの施設は、アメリカがハワイの補給施設が壊滅したことから、急遽オーストラリア方面の補給拠点として開設した一大コンビナートで、陸上にはアメリカから運んだ原油を精製するための施設まで建設中であった。

「YTはいったいどうやって、この存在を知ったんだ」

YTの正体を知らない川島は、攻撃のために高度をゆっくり落とし始めた。

島から対空攻撃が始まったが、それは明らかに散発的なものだった。

施設の拡充を優先した結果、ここはまだ軍事施設としての守りが固まっていなかったのである。

爆弾は次々とタンクを襲い、バナジアイの空に何本もの黒煙が立ち昇っていく。

「敵給油施設撃破」

攻撃隊の報告が第一機動部隊、そして第二機動部隊に届く。

敵の陸上施設の概要を通信で聞いたそれぞれの司令部要員たちは、驚きの声を上げる。

「何もなかった島に、こんな短期間にハワイのそれに匹敵する給油設備を作り上げたのか。恐ろしいな、アメリカの工業力は」

源田が顔をしかめながら言った。

しかし、より大きく驚いたのはアメリカのほうであった。

この施設の存在は完全な秘匿情報であり、まだ海軍部隊にもその所在は知らされていなかったのだ。それが、一度も実際に使用されることなく、灰燼《かいじん》に帰したのだ。

アメリカ戦争省は、いったいどこから情報が漏れたのか犯人探しに躍起になるのだが、無論、容疑者はいくら探しても浮かび上がってはこない。

当たり前である。この施設の存在は、統計と推論でYT予測機が存在を確信したものであり、裏は実際にはとられていなかったのである。

完全に目的を達した南雲部隊に対し、小沢の艦隊は、これから初陣を迎えようとしているところであった。

バナジアイの攻撃が最終段階にあるころ、すでに小沢艦隊は攻撃機隊の発進を終えていた。

小沢の機動部隊がスプルーアンスの艦隊の位置を把握したのは、攻撃隊発進のわずか三〇分前。

YT予測で示された三地点に放たれた偵察機、その最左翼を飛んだ機体がこれを発見し、艦隊ではただちに発進作業に取り掛かったのだ。

戦闘機二四機、艦爆四二機、艦攻一八機という編成で、攻撃隊は敵に向かった。これは第二機動部隊が一度の発艦作業で飛ばせる最大値に近い。

これ以上の機体を上げるには、全機を放ってから飛行甲板にまた発進機を並べなければならない。その手間を考えると、一気に送り出せる最大数で攻撃隊を区切るのが正しい。

真珠湾攻撃ではこの後、二次攻撃隊を準備してその進撃速度を調整し、攻撃の密度を上げた。

だが、この日は二次攻撃の準備はされなかった。

「残った艦爆は爆弾を積まずに、万一の時の戦闘機になってもらう。機銃弾を満載しておけ」

小沢の命令に、航空参謀の志賀《しが》中佐が頷く。

「九九式艦爆の運動性能なら、敵戦闘機とがっぷり組んでも引けを取らんでしょう」

小沢は攻撃に参加しなかった艦爆を、機銃によって戦闘機の代役に仕立てようというのだ。この段階で、艦隊の援護に残った戦闘機の数が心許ないために考えられた策である。

しかしこの時、まだ敵は日本艦隊の位置を摑めないでいた。

米艦隊は、機動部隊の出現の危険を承知で、すでに上陸船団に向けての攻撃機を発進させていたのである。

だが、その発進がほぼ終わろうという時点で、艦隊の防空巡洋艦がレーダーに敵編隊を捉えた。

スプルーアンスは気づいていなかったが、日米の艦隊は直線距離でわずか二五〇キロにまで接近していたのだ。

「しまった。完全に裏をかかれた」

スプルーアンスは焦る。

今すぐ攻撃隊を進路変更させるべきかどうか逡巡した。

しかし、敵の正確な位置が判っていない。最悪は、攻撃が空振りになる危険がある。

ならば、ここは確実に輸送船団を叩くのが正解だろう。

そう判断したスプルーアンスは、戦闘機隊を敵編隊に差し向けるだけで、輸送船団攻撃は続行するよう命令を下した。

この時点で、まだ日本の輸送船団は、着上陸を成功させていなかった。

と言うか、正午を上陸の予定時間にしていたはずなのに、上陸用舟艇の準備が最低限しか進んでいない様子であった。

「こんな無茶な作戦、前代未聞だな」

輸送船霞丸《かすみまる》の艦橋で海岸線を睨みながら歩兵第四四連隊の千田《せんだ》連隊長は、緊張に顔をこわばらせていた。

周囲には合計二〇隻の大型輸送船が停泊し、駆逐艦の艦砲射撃を見守っている。

この地区の米軍と豪軍の陣地は薄く、すでに抵抗は霧散していた。
　歩兵第一一師団の二個連隊の精兵一七〇〇〇が
その輸送船の甲板にひしめいていた。
「第一一師団鷹森《たかもり》師団長より下命、全軍上陸始動」
　放送を聞いた千田は、ぐっと表情を硬くした。
「ついに来たか。敵機との競争になりそうだな」
　霞丸の船長が怒鳴る。
「両舷全速、後部バラスト注水急げ！」
　二〇隻の輸送船が、ほぼ同時に動き始めた。
　輸送船は横一線に並び、弓状の海岸線に向かい
一直線に突き進んでいた。
　それぞれの輸送船は次第に速度を増すと同時に、
その船首を上に持ち上げ始めた。
　これは輸送船がいっせいに艦尾に設けられたバ
ラストタンクに注水し、船のバランスをテールへ
ビーにしているためだ。
　ついにそれぞれの輸送船は、時速一〇ノット程
度まで加速し、そのまま海岸へと乗り上げた。
　そう、この上陸作戦では時間のかかる上陸用舟
艇への移乗をせず、一気に輸送船を海岸に座礁さ
せ、そこから上陸兵を送り出すという作戦だった。
　この上陸用舟艇を使わない方式は、令和の過去
世界ではウェーキ島攻略で非常手段として使われ
ているが、ある意味、これは悪手である。
　輸送船は海岸で敵の攻撃に晒されることになり、
離床する前に破壊される可能性が高いからだ。
　しかし、そこにもきちんと計算はあった。
　陸に上がっていれば沈まない。
　これが重要なのだ。
　炎上する危険はあるが、輸送船内の物資は水没
する恐れはない。
　上陸作戦の序盤で重要なのは、無論、兵士を無

事に陸揚げする事だが、その兵士への支援物資が海没しては継戦能力が著しく下がる。

とにかく陸に上げるなら、船ごとで構わない、それが作戦の肝だった。

このために作戦に徴用された輸送船のほとんどが、旧式な物だった。

使い捨て上等というわけである。

だが、今回の作戦では、単にこれだけの理由で座礁が計画されたわけではなかった。それは、敵が来ればはっきりわかる効果だった。

とにかく、予定通り二〇隻すべてが砂浜に乗り上げると、それぞれの船の船首から上陸用の特性タラップが降ろされ、兵士たちがいっせいに海岸へ駈け下りていく。

それを確認してから、霞丸の第四四連隊本部そして磐手丸の第一二連隊本部、さらに天代丸の第一一師団司令部から命令が下った。

「各部隊、対空戦闘準備」

敵の編隊襲来に備えての号令である。

だが、それぞれの輸送船にまともな対空砲座は備わっていない。

いったい、どうやって対空戦闘を行なうのか？

その答えが準備され始めていた。

「各機運転開始、回転が同調するまで離陸は待てよ」

輸送船の甲板では、数名の兵士が何やら大きな物体を調整している。

それは、水平の回転翼を四個持つ…令和ではお馴染みのドローンに間違いなかった。

「遠隔操縦機問題なし、エンジン回転も順調です」

ドローンはかなり大型だった。

これはモーターではなく、エンジンでローターを回転させているからだ。

「どろん離陸準備完了」

「どろんじゃない、ドローンだっちゅうの。よし上昇させろ」

指揮官らしき男が、遠隔操縦機を持った兵士に言った。

一基の三〇ccエンジンで四個のローターをカム駆動するドローンは、ゆっくり上昇を開始した。

全部で八〇機のドローンが空に上がった。

そしてこのドローンが待ち受ける空域に、アメリカの攻撃隊は突入してきた。

「なんだと、敵船団はすべて陸に乗り上げているだと！」

この事実が判明した瞬間、エンタープライズの攻撃隊を率いてきた雷撃隊長のウォルト中佐は、自分の任務がほぼ潰えたことに気がついた。

そう、陸上に居る船に雷撃は出来ないのだ。

日本軍は、いやYT予測機は、アメリカの機動部隊は足の遅い輸送船を確実に仕留めるために、雷撃機を中心とした攻撃隊を編成するという推論を立てた。

そして、これは見事に的中した。

この場に到着した米編隊の陣容は、戦闘機一八機、急降下爆撃一二機、雷撃機四八機という、完全に魚雷偏重の構成になっていたのだ。

相手が陸の上では雷撃機は手出しができない。

仕方なく雷撃隊は、洋上に残る水雷戦隊へとその矛先を向ける。

だがこの時、水雷戦隊は全力で退避行動を始めており、すばしこく動き回りながら対空射撃を繰り返す。全速に近い駆逐艦を、鈍足の雷撃機、日本の艦攻より最高速度がさらに遅いデバステーター攻撃機で襲うのは、かなりの難行であった。

実際、第一撃をアメリカ機が放った直後、狙われた駆逐艦は巧みに転舵し、この魚雷をあっさり躱してみせた。

他の攻撃も似たり寄ったりで、全体の半数が魚雷を放った段階でも、命中弾は一発も出ていなかった。

一方、艦爆隊のほうは、躊躇うことなく輸送船へと襲い掛かった。

しかし輸送船の数より、爆弾のほうが少ない。

全部の輸送船を炎上させるのは困難と思われる。

そこで、艦爆隊の指揮官バートン少佐は戦闘機隊に応援を求めた。

機銃攻撃で輸送船を襲わせようとしたのだ。

だがこれが、結果的に悲劇を呼んだ。

相手が飛行機の四分の一程度のシルエットであったため、アメリカ軍のパイロット達はドローンを完全に見落としていた。

実際に攻撃態勢に入り、輸送船に接近した時、初めてその存在に気づいたのである。

「何だ、あれは？」

爆弾投下のために高度を落とし始めた直後、一番機の操縦士スレイ中尉は、ようやく自分の視界のど真ん中に居たドローンの存在に気づいた。

明らかに無人のその飛行物体は、吸い寄せられるように自分の機体へと接近してくる。

いや違う、無線操縦によって意図的に接近しているのだ。

「行け！」

輸送船の上でそのドローンを操縦していた田神《たがみ》上等兵は、口角泡飛ばしながら叫んだ。

直後、彼のドローンはスレイの操縦するドーントレスに接触。

いきなりの大爆発が空中で起こった。

そう、これは自爆ドローン。合計一〇キロの高性能爆薬が搭載されていたのだ。

この自爆によって、ドーントレスは文字通り木っ端微塵に吹き飛んだ。

だが、アメリカ側はこの爆発が何によって引き起こされてたのか気づいていない。

攻撃態勢に入った爆撃機、そして戦闘機に次々とドローンが襲い掛かった。

ドローンは速度は遅いが、立体軌道が出来る。だから敵の進路上に待ち伏せていれば、すいっと移動して体当たりが出来るのだ。

このドローンの体当たり攻撃で、わずか五分の間にドーントレス一一機とワイルドキャット八機が犠牲になった。

爆発に巻き込まれた敵機は、すべて撃墜の憂き目にあい、残った攻撃隊は何が起きているのかまったく理解できぬまま攻撃を中止した。

「どうなってる、いったい味方は何に撃墜されているんだ！」

残った搭乗員たちはパニック状態である。

何しろ爆弾投下に成功した機体は皆無、戦闘機も機銃を満足に撃つ前に墜とされており、陸に上がった輸送船は、ここまでほぼ無傷なのである。

ここに至り、異常だと判断した攻撃隊長は、雷撃機隊の攻撃を残して全機に退却を命じた。

ある意味、正しい判断だったろう。

身動きできぬ輸送船団の上空には、まだ多数のドローンが飛行しているのだ。

輸送船団攻撃失敗。

この報告は、すぐにスプルーアンスの元に飛んだ。

だがこの時、スプルーアンスはこの報告に対し気を向けられる余裕がない状況にあった。

そう、この瞬間、彼らは小沢機動部隊からの攻撃を受けている最中だったのである。

第３章　ネバーステイネバーダウン

1

空母瑞鳳が燃えていた。

船は大きく左舷に傾き、断末魔の様相だった。

「艦を放棄するよう進言しろ」

瑞鳳の右手およそ一キロの地点を進む空母翔鶴の艦上で双眼鏡で状況を観察していた第一機動部隊司令官の小沢少将が、作戦参謀の大関《おおぜき》大佐に言った。

苦い顔で大関は頷き、通信室に伝えた。

この進言はすぐに伝達され、間もなく瑞鳳のマストに退去の信号旗が上がった。

甲板からわらわらと乗員が海に飛び込み、脱出を始めた。

もはや瑞鳳を救う術《すべ》はない。

脱出した乗員を救助するため、駆逐艦響《ひびき》が瑞鳳に接近した。

「急げ、艦が沈む前に出来るだけ収容するんだ」

艦長の名《な》井貢《いみつぐ》中佐が部下に怒鳴り、自身も救助用のロープを携え舷側に走った。

響は瑞鳳のトンボ釣りを担《にな》っていたので、もっとも近くに居た。そのおかげで迅速な救助が可能になったのだ。

「敵機は完全にいなくなりました。次の攻撃は無さそうです」

翔鶴のレーダー室からの報告に、小沢は大きく頷いた。

「本当なら、最後の敵を叩くために攻撃機を発進させるべきだろう。だがこの状況ではな……」

そう言って小沢の落とした視線の先は、翔鶴の甲板であった。

そこでは、甲板員たちが必死の作業をしている。

なんと甲板に大穴が開いていた。

敵の爆弾がちょうど降着用のワイヤー装置付近に命中、このうち三基を破壊していた。

飛行甲板は横端三分の一程度が破損しただけなので、修理すれば艦載機の離発着には幅的に問題ないのだが、降着ワイヤーが使えないのは絶望的だ。

艦載機のフックで摑むワイヤーが無ければ、帰還した味方機を収容できない。

「瑞鶴から連絡、主機の修理には最低でも四時間はかかる見込みだそうです」

通信室からの報告に、小沢は苦虫を嚙み潰したような顔になる。

「たった一発の魚雷で、この有様か」

視界から消えてしまった、僚艦の居るであろう海域に視線を向けながら小沢が嘆く。

三〇分前の出来事だ。僚艦瑞鶴は敵機の雷撃を艦尾付近に受け、その被害が原因で主機が不調となり一気に速度が低下、艦隊から取り残される格好になった。

「敵の攻撃密度が高かったら、瑞鳳だけでなく瑞鶴も危なかった」

小沢の嘆息混じりの言葉が、すべてを物語っていた。

第二機動部隊は、総数三〇機程度という、さして密度の高くない敵の攻撃で、この大損害を被ったのである。

状況を振り返ってみよう。

すべてはまず先手となったはずの小沢部隊からの敵第11任務部隊への空襲から始まった。

この攻撃が始まった時、敵は微妙に距離の離れた二陣態勢であった。

先行していたのがヨークタウン、やや後方にエンタープライズという布陣だ。

日本の攻撃隊は、そのほとんどがヨークタウン攻撃に取り掛かった。

およそ二〇分間の空襲で、ヨークタウンは七発の爆弾と二発の魚雷を受け大傾斜し、沈没していった。

幸先良いスタートに思われたのだが、ここで運がアメリカに味方した。

スコールがエンタープライズを覆い、攻撃が仕掛けにくくなり、艦爆隊は手近にいた戦艦テネシーに襲い掛かった。

この戦艦が、真珠湾で被害を受けながらも生き残った二隻のうちの一隻だと気づいた乗員達が、敵愾心を燃やし標的としたのである。

テネシーは真珠湾で二発の二五番を食らい炎上したが、主機と主砲は無傷だったことから、早々に戦線に復帰していた。

艦爆九機と艦攻一二機がテネシーに攻撃を仕掛けた結果、米戦艦群の中でも防御が比較的脆弱だった同艦は呆気なく転覆沈没した。

ここで日本側の攻撃は終了となった。全機の投弾が完了したのだ。

つまり、エンタープライズが無傷で残ってしまったことになる。

同艦に司令部を置いていたスプルーアンスは、驟雨の中で攻撃隊発進準備をさせた。

送り狼として敵の攻撃隊の尻にすがり付き、これを攻撃しようというのだ。

「戦闘機無しだ。攻撃機だけを大至急、発進させるんだ」

直感で選んだ作戦だったが、とにかく雲を抜けた直後からエンタープライズは艦爆隊を発進させ始めた。

攻撃隊は編隊を組まず、各自で日本の編隊の後を追う。

艦爆二〇機が発進し終えたところで、艦攻隊11機が発進をする。

このアメリカの攻撃隊の存在を、日本側は一瞬見逃すことになった。

この最大の理由が、蝙蝠部隊の動向であった。

小沢の機動部隊にも蝙蝠部隊は同行している。

作戦にも同道していたわけだが、この蝙蝠部隊は一式艦偵しか装備していなかった。

すべてがモディファイされているとは言え、本来がすでに旧式化しつつある九七式二号艦攻がベースの機体ということで、開戦以来、縦横に飛んできた各部隊の所属機は、完全な状態で稼働させるのにも限界が来ていた。

この日、攻撃隊の作戦に付いていったのは、偵察が江藤《えとう》少尉、操縦が中根《なかね》一飛曹、機銃手が本山《もとやま》二飛曹というペアだった。

敵艦隊上空で撮影中、攻撃隊への迎撃に上がっていた敵のグラマンの一機につけ狙われた。

高速を利して、何とかこの攻撃はかわしたのだが、直後にエンジンが不調になった。

このままでは危険と判断した江藤は、任務途中の帰還を命じた。

とにかく機密満載の機体なので、不時着させるわけにもいかず、戻るしか選択肢はなかった。

この結果、通常なら殿《しんがり》として敵情を見守るはずの蝙蝠部隊が消え、敵が追撃の部隊を放ったことを日本側は把握していなかったのである。

そして敵がバラバラに飛行してきたのもまずかった。

日本側のレーダーはこれらの機体を、攻撃から戻る編隊からこぼれた味方と間違えたのである。

このため、通常の着艦作業で帰ってきた味方機を受け入れている最中に、小沢艦隊は敵に襲われることになったのだ。

まさに奇襲である。

いきなり敵艦爆の攻撃に見舞われた旗艦翔鶴は、まともな対空射撃を行なう前に、後部甲板端に命中弾を食らった。

これが降着索の収納部を破壊したのだ。


この時点で、まだ上空には帰還してきた攻撃隊のうち戦闘機が六機と艦爆四機が残っていた。さらに艦隊直掩の戦闘機六機も飛行中で、これらのパイロットは敵機の姿を見るや、ただちに迎撃戦闘に入った。しかし、敵は単機でバラバラのタイミングでやってくる事から、組織的なブロックは不可能だった。

翔鶴に続いて、瑞鶴に魚雷一本が命中した。

これによって命中から四分後に、瑞鶴は急激な速度低下を起こし、艦隊から置き去りになった。

しかし、敵機の突入方向からは逆に遠ざかる形になったので、ここに攻撃が集中することはなく、艦隊の先頭を進んでいた小型空母瑞鳳に、その矛先は向いた。

艦爆二機がほぼ同時攻撃を仕掛け、両者とも瑞鳳の飛行甲板中央部付近に命中弾を与えた。

この結果、瑞鳳は大火災に見舞われた。補給用の航空燃料が引火してしまったのだ。

立ち昇る黒煙が目印となり、遅れてきた雷撃機二機も瑞鳳へ攻撃を敢行。

対空砲火でこのうち一機を撃墜したものの、もう一機が放った魚雷が命中。瑞鳳はすぐに傾斜を始めた。

そして現在、瑞鳳はもはや燃えるスクラップの状態で浮いているに過ぎなかった。

小沢は、これは慢心が招いた敗北だと強く感じていた。ここまで勝ちすぎたツケであろうとも。

瑞鳳は海没処分にすべきかもしれん、そう考えた時だった。

連絡士官が艦橋に上がってきて言った。

「司令官はどこですか？」

「なんだ？」

小沢が通信士官に聞いた。

「空母龍驤の有坂《ありさか》飛行長より、意見具申が来ております」

そう言って通信士官は通信文を差し出した。

敵の攻撃があった時、龍驤は艦隊の最後方に位置して、すでに攻撃隊の収容を完了させていた。

現在は速度の落ちた瑞鶴が最後尾に置いてけぼりなわけだが、位置の関係で龍驤に敵の攻撃機は向かわず、現在は無傷で航行していた。

小沢は受け取った通信文を一読して頷いた。

「なるほど、これは一理ある。よし、すぐに龍驤に打電。攻撃隊発進だ。あわせて翔鶴からも攻撃隊を発進させる」

これを聞いて驚いたのが第二機動部隊の航空参謀の斎藤《さいとう》大佐であった。

「しかし司令官、発進は出来ても帰還は難しいですよ！」

「うむ、だから翔鶴には戻らなくてよい。操縦士には負担になるが、攻撃終了後はラバウルに向かってもらう」

司令部のスタッフたちが「あっ」と声を上げ、何人かが両の手を叩いた。

「妙手です。航続距離的には問題ありません」

「攻撃は薄暮になる。攻撃隊はベテラン中心に選定してくれ」

そこで小沢は上空を見上げて言った。

「それと、今飛行している第一次攻撃隊の残りは、不時着水させろ。瑞鶴の速度では降りるのは難しいし、ラバウルまでは燃料がもたないだろう」

飛行中の戦闘機と艦爆隊は善戦し、敵機六機を撃墜、味方損害は受けていない。だが、彼らの降りられる空母は現在、攻撃隊を準備中の龍驤しかいない。

しかし龍驤は中型とは名ばかりの狭い空母で、攻撃隊準備と余分な機体の収容を同時にはこなせない。

こうして一六機の戦闘機と艦爆が、無駄に海に消えることになった。

攻撃隊の敵艦隊上空での損失機は二四機に昇っており、この海戦の第一段階において第二機動部隊は四〇機の航空機を失ってしまったことになる。

せめてもなのは、不時着水した一六機の搭乗員は全員無事に救助されたことだ。

米攻撃隊が去って四五分後に、まず龍驤から九機の戦闘機と九機の艦爆が発進した。龍驤には艦攻隊が所属していないため、これが全力の出撃だった。第一次攻撃に参加した二七機のうちの艦爆五機と戦闘機一機が未帰還で、補用機を準備する暇もなく、被弾機を外し燃料を補給し終えた機体のみの出撃となったのだ。

一方、翔鶴からは、戦闘機六機、艦爆八機、艦攻九機の発進となった。

これは、未帰還機の半分が翔鶴飛行隊所属だったことと、優秀搭乗員に出撃を絞った結果の数字だった。

余裕を見ればあと一〇機以上は出撃させられたのだが、小沢がこの陣容で行くことを決めた。

この時、小沢司令部にある報告が届いた。

「陸軍の上陸作戦は成功とのことです」

「そうか、まず最低限の責任は果たしたか」

小沢がほっとした表情を浮かべた。

少なくない犠牲を出したが、マクロ的に言えば作戦は成功裏に進んでいるという事になる。

あとは、エンタープライズさえ何とかすれば。


その強い思いに小沢だけでなく司令部の誰もが囚われている。

だが、このエンタープライズが一筋縄でいかない相手なのだった。

日本の攻撃隊がエンタープライズを発見したのは、午後五時三〇分の事だった。

この日本機の到来を、スプルーアンスは完全に予期していた。

戦闘機一八機を上げて、米軍は日本機を迎え撃った。

攻撃は完全な乱戦になったが、それでも比較的身軽な艦爆隊は巧みに敵機を躱し、三機が攻撃を仕掛けることに成功した。

だがサンディエゴでの修理完了後に艦長となったロング大佐は、巧みな操艦でこの爆撃を二発目まで躱《かわ》して見せた。

一航戦や二航戦に比して技量が劣ると言われる五航戦であるが、それでも空母搭乗員に選抜されるくらいだから操縦の腕は抜群である。その腕をもってして命中弾を与えられなかったのは、アメリカ側の操艦の見事さを讃えねばならないだろう。

しかし三機目の投弾は、エンタープライズの飛行甲板のど真ん中に落ちた。

ついに運も尽きたが、そう思われた瞬間だった。

爆弾は爆発することなく飛行甲板を突き抜け、甲板下の上部格納庫の内部に転がったのである。

「不発だ！」

もうだめかと身を固めていたロング艦長が、目を見開いて叫んだ。

そこからはエンタープライズの整備兵たちの勇気ある行動が、この艦の命運を決めた。

いつ爆発してもおかしくない敵の不発弾。総重量二五〇キロのその爆弾を、米兵たちは一〇人がかりで格納庫の床を転がし、舷側部のシャッターを開き一気に海面に転がり落としたのである。

爆弾は、海面に落ちた直後に激しく爆発した。破片が至近弾となり舷側の鋼板を穿つほどであったが、航行に支障ある被害は出なかった。

なんという強運だろう。

だが、運だけで生き残れるほど戦争は甘くない。

この時、二機の雷撃機が、魚雷を立て続けに放った。この二本は、微妙に航跡が離れており、どちらかを躱せばどちらかが命中するという、必殺弾の航跡を示していた。

舵を切らねば二発が当たる。ロングは命中するであろう部分を目測し、操舵手に命じた。

「取り舵三〇」

艦首がぐっと向きを変えた一〇秒後、その艦首付近に日本機の放った魚雷が命中した。

激しい爆発が起き、水柱が上がる。

もう一発の魚雷は、そのすぐ前方を突っ切り外れていった。

艦首に破孔が開き、大量の海水が艦内になだれ込む。

「防水隔壁閉鎖、浸水を食い止めろ」

ゆっくりとした揺れが艦を遅れて襲っている。その揺れの中で艦長が冷静に命じる。

その様子を見ながらスプルーアンスは、こいつに艦を託して正解だったと強く頷いた。

この段階で攻撃を仕掛けていない日本機は、まだ一二機残っていた。いや、一二機しか残っていなかったと言うべきだ。

米戦闘機は、ここまで六機の艦爆と四機の艦攻を撃墜していたのである。


日本の戦闘機もワイルドキャット三機を撃墜していたが、やはり戦闘機の数が足りていなかった。攻撃隊は予想以上の打撃を受けていたのである。

「死ぬ気で行け、刺し違えてでも命中させるんや！」

翔鶴艦爆隊の高橋《たかはし》隊長が叫ぶ。

八機残っていた九九式艦爆は、一気に攻撃を仕掛けた。急降下爆撃機の波状攻撃は、さすがに躱しきれない。

それでもロング大佐は最後まで操舵手に指示を出し続けた。五秒間隔で二度の爆発がエンタープライズを襲った。

直撃したのは結局、この二発のみだったが、攻撃後に艦爆乗りたちは大きく舌打ちをすることになる。

二発の爆弾はほとんど同じような位置に落ちた

のだが、それは航行に大きな支障の出ない艦首エレベーター付近だったのだ。

それでも、敵の航空母艦としての機能を奪ったのは確実だった。

飛行甲板は大きく損傷している。

「魚雷で仕留めるしかないか」

戦闘機隊を率いてきた龍驤の嶋原《しまばら》少佐が、エンタープライズの状況を見て呟いたが、その残った艦攻に米戦闘機が二機迫っているのが認められた。

「させるか！　手すきの龍驤戦闘機隊、雷撃機を守れ！」

無線を聞いた戦闘機のうち龍驤の第二小隊機の福原《ふくはら》飛曹長と今井《いまい》一飛曹が、雷撃機を視認しておりすぐに機首を翻した。

残っていた三機の雷撃機は、編隊で攻撃を仕掛けていた。

横一列になったその艦攻目掛けて、二機のワイルドキャットが迫る。

追われる艦攻は魚雷を抱えて鈍重である。両者の距離は瞬く間に狭まり、グラマンは背後から射撃を開始した。

「くそ！　来るな、この野郎！」

編隊の右側を行く九七式一号艦攻の機銃手、曽我《そが》二飛曹が、旋回機銃を連射しながら叫ぶ。

しかし、敵機はこれをものともせず、機銃掃射を続け迫ってくる。

その敵の機銃弾が、立て続けに機体に刺さった。

「くそ、やられた……」

操縦士の川本《かわもと》一飛曹が、脇腹を押さえた。敵の銃弾がそこを抉《えぐ》っていた。

「機体はまだ大丈夫だ、少し堪えろ！」

雷撃手で機長の宮内《みやうち》飛曹長が右手を伸ばし、川本の肩を摑んだ。

「あと一〇〇で発射する。意識を飛ばすな！」

この言葉を聞くと、川本はぐっと唇を嚙んで操縦桿を握りなおす。

「がてんです！」

敵の機銃弾が、今度は翼を揺らした。

曽我が、これはもうだめだと思った次の瞬間、目の前で敵機が火を噴き四散した。

ばらばらと落下する敵機を追い越し、福原と今井の零戦が現れた。

「助かった。機長、行けます」

宮内が「おお」と叫び、照準器を覗いたまま一気に魚雷投下のレバーを引いた。

八〇〇キロ超の重量が消え、艦攻はふわっと浮く。

気づけば目の前に、敵艦の舷側が迫っている。

「回避！」

脇腹の痛みを必死でこらえ、川本は操縦桿を引く。機体がひらりと旋回し、激しいGがペアたちの身体を反対側に押し付ける。

旋回する視界の中で曽我は、すぐ隣を飛んでいた僚機が火だるまになって海面に激突するのが見えた。

「鈴木《すずき》！　落合《おちあい》！　木ノ内《きのうち》！」

身を乗り出し墜落したペアの名前を叫ぶが、艦攻は海面で爆発し、乗員の生存は絶望的だった。

この艦攻を撃墜したワイルドキャットは、そのまま今まさに魚雷を発射しようとする左翼の大野《おおの》機長機に狙いを定める。

「させるか！」

一度離脱してから急旋回した福原飛曹長が、照準する時間も惜しみ、機首の七・七ミリ機銃を連射し敵機に迫る。

弾幕は確実に敵を捉えているが、いかんせん威力が弱い。だが、この距離では二〇ミリ機関砲は届かない。

機体に機銃弾が食い込むのを感じながらも、ワイルドキャットを操るマイケル・ドネス少尉は魚雷を放とうとする九七式艦攻を、照準から外さなかった。

命中弾で、艦攻のフラップが飛んだ。

だが宮内機は構わずに魚雷を投下する。

魚雷は海中に落ち、一気に熱走する。

「届けよ相棒」

海中に伸び始めた白い航跡を見て、操縦士の宮内少尉は呟き、そのままガクンと首を落とした。

敵弾が彼の胸に二発食い込んでいたのだ。

九七式艦攻は、そのままガクンと機首を下げ海面に突っ込んでいった。


「この野郎！　やりやがったな！」

味方機の最期を目の前に、福原の頭に血が上り、彼はスロットルを目いっぱい開いて敵機に迫りつつ、七・七ミリと二〇ミリの発射レバーを同時に引き続ける。

七・七ミリはともかく二〇ミリの携行弾は少ない。ほんの数秒の連射で、弾倉は空になってしまう。だが、それを厭《いと》わずに福原は突撃を続け、弾切れになる直前に四発の二〇ミリ弾がワイルドキャットの胴体に連続して命中、ドネス少尉機は操縦席の後ろで機体を折られ、そのまま爆発した。

その爆発とまるで呼応したかのように、エンタープライズの右舷に、水柱が五秒間隔で二本上がった。

「やった、命中だ！」

曽我が雷撃の結果を認め叫ぶ。

魚雷三本と爆弾三発という命中弾を受け、エンタープライズは火災に見舞われ、喫水を下げた。

だが、まだ巨艦が沈む気配は見えない。

しかし、もはや攻撃すべき手段なし。

攻撃隊はここでラバウルに向け、避退するしかなかった。

その後、第二機動部隊随伴の重巡高雄《たかお》から発進した水偵が二時間後に確認したが、エンタープライズは沈まなかった。

火災を鎮火させ、軽巡洋艦に曳航されながら、エンタープライズはオーストラリアのケアンズ方面に退避していた。

またしてもこの空母をうち漏らしたことは、日本海軍に思わぬトラウマを植え付けることになった。そして、その悪夢はまだしばらく続く。

だが、とりあえず決戦は終わった。

結果としては日本の勝ちだ。

三度にわたる海戦で、敵空母三隻を沈め一隻を大破。この時点でアメリカ海軍は、太平洋で使用可能な空母がゼロになった。さらに戦艦二隻と軽巡一隻を、アメリカは失った。

だがその一方で、ＹＴ予測を駆使しながらも、小型とは言え空母一隻を失い、三隻が本格的修理を必要とする被害を受けた。

特に航行には何の支障もないのに、野戦では修理に対応できない被害を受けた翔鶴。これがおおいに問題であると指摘された。

空母の脆弱さを日本海軍が知った瞬間であった。

2

大和が再びトラック島の泊地に進出したのは、

五月二四日の事だった。

　入れ替わりに、珊瑚海で被害を受けた第二機動部隊の翔鶴と瑞鶴、そしてソロモンで被害を受けた蒼龍が日本に戻り、機動部隊は一度臨時編成として、南雲が一航戦だけを率いオーストラリア沿岸を含む南洋の残敵掃討作戦を担った。

　その間に小沢艦隊に二航戦の飛龍が宛がわれ、龍驤とのコンビでオーストラリア西岸に進出し、インド及びアフリカ方面との交通遮断に乗り出す。

　この間アメリカは、脆弱になった太平洋の防衛を補強するためにワスプとサラトガの二隻の空母を太平洋に回航し、サンディエゴで航空隊を載せた後、まずニュージーランドに向かった。

　同時にミッドウェー島とニューカレドニアに、海軍の長距離偵察機と陸軍航空隊を派遣、航空基地増強を行なった。


　ニューギニアのポートモレスビーを巡る戦いは、上陸した第一一師団を増強するために砲兵第四連隊と戦車第一二連隊が第二陣として上陸したが、これを迎え撃つ敵艦隊はなく、全部隊無事に上陸を果たした。

　現在、戦線はポートモレスビーまで三〇キロの地点まで迫っており、連日豪軍を主力とする歩兵との戦闘が密林内で続いていた。

　戦況は明らかに日本軍優位で、豪軍もアメリカ軍も、ポートモレスビーの市街地を最終決戦場と捉え、陣地構築を急いでいる。

　ポートモレスビーには、ケアンズ方面から高速の駆逐艦での物資輸送が続けられていたが、これをラバウルからの爆撃が襲い、米豪両海軍はこれまでに三隻の駆逐艦と四隻の巡視艇を失っていた。

　豪軍は英印軍への救援要請を行なったが、これに対し、英国は色よい返事を送れないでいた。

その原因は、アフリカ戦線の状況が思わしくないという、令和の過去と違った道をたどり始めた欧州戦線の事情があった。

英軍は独軍に押され、現在トブルクが包囲された状態にあり、急派された米軍の歩兵と戦車部隊を戦線に押し上げるために躍起になって投入していたが、まったく敵の戦線を押し戻せずにいた。

これは令和の過去より一月以上早く、独軍が東へ進出したという事になる。

米国は最大限の兵器供与を英国に行なっているが、アフリカに送られる兵士の数は、令和過去に比べ明らかに少なかった。

対日戦の開戦の経緯が、アメリカ市民の敵愾心をいまいち燃え上がらせられず、その燻りが志願兵の頭打ちと言う形になっていたのだ。


その結果、派遣軍の組み立てが思うに任せず、さらにここへ来て、フィリピンの失陥とマッカーサーが捕虜として東京に運ばれたという現実が、戦争全般に対する非難と言う形で、米国世論を沸かせた。

この世論に引きずられたわけではないだろうが、アメリカは急ぎ太平洋方面への陸上兵力増強を考えなければならなくなったが、陸軍はこれに非協力的な態度を明らかにしていた。

マッカーサー捕縛という大事件が、米政府の戦争指導に対する不信を、陸軍省内部に芽吹かせてしまったようだった。

とにかく米の戦争へのかかわり方が、令和の過去世界と大きく変わった結果、欧州でもまた戦況が変化したという事になる。

ただし、独ソ戦の様子に関しては、かなり令和の過去と近い状況にあった。

日本とソ連の関係はこの時期、令和の過去においても目だって何かがあったわけでもなく、影響は少ない。

ＹＴ予測機は、ソロモン珊瑚海海戦の結果を入力したことで、また違った方向性の予測結果を打ち出すようになった。

海軍でも、予測機の指示通りに戦いながらも大きな被害が出る現状を見て、妄信はやめたほうが良いのではという声も出始めていた。

それでもＹＴ予測以上に戦果を期待できる作戦など思いつけるはずもなく、未来からの技術供与との二本柱で戦争を続けるという方針には変化がなかった。

戦艦大和がトラックに到着した直後、連合艦隊司令部はその大和から、一時的に移動することになった。

移動先は、内地に残った戦艦長門《ながと》である。

この時、長門は、電探の装備のために横須賀海軍基地に接岸していた。

「ここの長官室も久しぶりだな」

山本五十六長官が、宇垣纏《うがきまとめ》参謀長に言った。

「慣れ親しんだ部屋でしょう、懐かしいですか」

「いや、さすがにそこまでではない」

山本が苦笑しながら、机の上にあったボンボニールを開き、金平糖《こんぺいとう》を一個取り口に入れた。

「貴様も一個食べるか」

「頂戴します」

宇垣が畏まって金平糖を取り口に入れた。

この金平糖は、皇室から下賜されたもので、ボンボニールには菊の紋が押されていた。

山本は皇居で行なわれた秘密の御前会議に呼ば

れて、東京に戻った。そのついでに一か月だけ、連合艦隊司令部を長門に移したのだ。大和を前線近くに置いておきたいという考えもあっての行動である。

山本と宇垣が雑談をしていると、週番士官がドアをノックして告げた。

「司令長官、塚原《つかはら》中将がお見えです」

「おお、もうそんな時間か」

山本が壁の時計を見上げて言った。

「通してくれ」

週番士官に命じると、すぐに第11航空艦隊司令官の塚原二四三《にしぞう》中将が入ってきた。

「挨拶に参りました」

塚原がさっと頭を下げて敬礼をすると、山本が部屋の隅に置かれた椅子を示して言った。

「まあかけてくれ、少し長い話になる」

「はい」

塚原が硬い表情で椅子を持ってきて腰を下ろした。

「昨日、九州の例の航空会社を視察したそうだな」

「ええ、その前日は川西を見てきました。いずれもびっくりする速度で試作機を作っております。両方七月には試作完了し、試験飛行に入る見込みですよ。特に九州飛行機は、初の戦闘機制作で張り切っており、六月末には機体完成の見込みだそうです。もうエンジンは運び込まれてました」

山本が驚いたという顔をした。

「いくら図面が全部そろってるとは言え、なんという速度だ。発動機も、まったくの新型のはずだったな」

塚原が頷いた。

「はい、川西は小型の二〇〇〇馬力装備ですな、同じエンジンを中島が担当する陸軍の主力戦闘機に搭載するという話ですね。試作名がキ八四でしたかな。川崎で製作中の液冷エンジン搭載のキ六四の量産は、秋には本格化する見込みですが、これと別に、より高速の戦闘機を作るという目標を陸軍は掲げとりますのでね。まあエンジンが出来ればもうできたも同然だと、中島の担当者は嘯《うそぶ》いておるようです。九州が作ってる機体に載せるのは大型の一八気筒二四〇〇馬力ですが、こりゃあ、金星の気筒を増やした代物に過給機を付けた仕様なので、あっという間にできたらしいですね。三菱の底力を見せられた感があります。こっちは陸軍の爆撃機にも使うという話で、三菱と中島で調整中ですな」

「こうもエンジンの開発がスルスルと進むのは、驚き以外の何物でもない。すでに我が軍は、大径のものでなら二八〇〇馬力の出る代物を完成させたのだからな」

横合いから宇垣が口を挟んで言った。

「大型陸攻の装備するやつだな。深山は最初失敗作となったが、発動機をその中島の新型に交換したら、そこそこの性能になったので輸送機として利用するために一二機の追加製作が決まった。機体設計を未来に任せた大型陸攻のほうは、より高性能になるのが保証されたようなものだな」

山本が腕組みしながら言った。

「そちらもいずれ視察に行かないといけませんね。超高速局地戦は、場合によっては大型陸攻の護戦闘機として利用する事になるかもしれない。ただ、新大型陸攻も戦略的に見れば、どの程度戦局に影響するのか不透明です」

塚原の言葉に、山本が頷いた。

「問題はやはり航続距離か」

「そうですね。これは本気で、中島飛行機の提案を考えてみる必要があるかもしれませんね」

塚原が言うと、宇垣が難しそうな表情で言った。

「ですが、あのZ機に関してはYT案件に引っ掛かっていない機体です」

するとと山本が椅子に背を預けながら言った。

「何でもかんでもYTだけに任せるのどうなのかな。Z機に関しては、中島の企業案件だ。独自にやる分なら、自由にやらせていいのかもしれん。まあ物資やらなんやら、海軍から手配しないわけにはいかんだろうがな」

ここで宇垣の表情が少し変わった。何か怪訝なものを感じた、そう読める顔だ。

「司令長官は、YTから離れた兵器開発や用兵をお考えなのですか」

すると山本が、なぜかゆっくりと言った。

「そうは言っておらん。戦争とはすそ野の広いものだから、すべてをYTのような機械に委ねなくても構わない、くらいに思っているだけだ。脱YTという話では決してない」

本当にそうなのだろうか。山本長官は何か感じているのではないだろうか、YTによる戦争の主導という、あまりに不自然な現状に。

宇垣がそう感じた瞬間だった。

「ところで塚原長官、今日の提言は、どんなものなのかな。やはり航空機なのであろう」

実はこの日、塚原が連合艦隊司令部を訪れたのは、別に山本長官に挨拶しにきただけではない。

昨日、電話で面会の申し込みがあった時に、塚原は山本に、兵器に関する提言があると言っていたのだ。

第一一航空艦隊長官として実直に職務をこなし

ているいる塚原は、航空機の開発状況を視察するほど、航空兵器に強い興味を抱いている。

その塚原が頷き、口を開いた。

「これは大西《おおにし》参謀長からの提案だったのですが、おおいに取り上げる価値があると思い、話を持ってきた次第です」

そう言うと塚原は、ポケットからメモ帳を取り出した。

「まだ正式に案としてまとめておらんので、メモ読みで失礼します。実は陸軍が、ポートモレスビー攻略の上陸作戦の際に使用した戦術に大西が着目し、海軍でもこれを戦術として取り入れられないかというものですな」

「ポートモレスビー上陸作戦で？」

山本と宇垣は首を傾げた。

「ええと、ドローンでしたか、無線操縦の小型のオートジャイロのような機械、あれを防空戦闘に使用した件です」

「そう言えば、何か報告を読んだ記憶がありますね。阻塞気球《そさいききゅう》のように大量に浮かべて、敵機に体当たりさせたとか」

宇垣の言葉に山本も思い出したようで、頷きながら言った。

「未来技術の秘密兵器だったな。海軍では採用していなかったが、役に立つ兵器なら導入しても構わんだろう」

だが塚原は首を振った。

「単純に海軍でも使おうという話ではないのです」

そこで塚原はメモに視線を落とした。

「作戦中ドローンは、合計一九機の敵機を撃墜しました。これは掛け値なしに大戦果ですが、おそらく敵はドローンの正体を知らなかったがためにこの大損害を被ったと言えますな。ですから、今後同じ戦法をとっても、同様の戦果までは望めません。ですが阻塞気球のように、拠点防衛の切り札としては機能しますな。その意味では単純導入も検討してほしいのですが、大西は違う点に着目しました」

　メモをめくっていた塚原が、目的のページを見つけたのか手を止め続けた。

「ドローンの総重量はわずか三二キロ、エンジンの重さが一六キロ、四個のローターが合計四キロ、機体の乾重量二キロ、ここに爆薬一〇キロが装着されました。飛行時の燃料はたった一〇〇ccしか搭載しておりません。つまり爆発は、すべてこの一〇キロの爆薬の力です。まあ機銃で墜とせる航空機を破壊するのに、一〇キロの高性能爆薬は多すぎるくらいですな」

　そこで初めて山本の表情が変わった。明らかに興味を惹かれたようである。

「そんな軽量小型の兵器で、敵の戦闘機や爆撃機を撃退したのか、あらためて聞くと驚異的戦果だったと判るな」

「そうですな、そもそも兵器として考慮してなかったであろう海軍の担当者は、戦法も含め陸軍に教えを請えと大西が言っておりました。その大西が申すには、だったらより大きなドローンを準備しておれば、より大きな戦果を期待できると言うのです」

　宇垣が首を傾げた。

「しかし、ドローンと言うのは、小型軽量だから身軽に動けて敵にぶつけられるのだろう。大きくなったら、離れた場所から操縦して激突させるのは難しいと思うが」

　すると塚原が意外なことを口にした。

「相手が航空機であれば、そうでしょうな」

「ん？」

　山本が何かに感づいた様子で眉を寄せた。

　塚原がメモを閉じながら言った。

「大西が言ったのは、無人の大型ドローンで対艦攻撃をしたらおもしろいのではないか、という話です」

　実はこれは、令和の世界で行なわれている戦術だった。

　ウクライナ軍はロシア黒海艦隊の軍艦に対し、無人ドローンによる攻撃を仕掛け、見事に戦果を挙げていた。

　だがこのことを田伏由佳は、過去に伝えてなどいない。

　つまり、大西瀧次郎《たきじろう》少将が独自に考えた案なのである。

　おもしろいもので、時代に関係なく着眼点は同じところに着地するのだ。

　いや、これは大西という男だからこそ思いついたと言える。

　意図的に田伏雪乃と鷹岳省吾は海軍に伏せていたが、令和世界の過去において、神風特攻隊を生み出した人間が大西瀧次郎なのである。

　終末誘導の手段として人間を使うのは、最低最悪の悪手には違いない。だが、これほど合理的な攻撃方法はないのだ。敵に体当たりする最後の最後まで操縦を続ける。これは命中精度を上げるためには、理に適った方法である。それはあのニューヨークの９１１テロでも証明された。

　しかし人命が必ず損耗する。これがつまり人道的にも問題だが、一人前になるのに長い時間のかかるパイロットを使い捨てたという意味で、戦略的にも誤りだったのだ。

しかし、敵艦に体当たりするのが無人機であったらどうであろう。

それは単なる誘導兵器でしかない。

ハイテクに裏付けされた正真正銘の必殺兵器だ。

山本五十六が、ばっと両手を机について立ち上がった。

「おもしろい、それは絶対に研究の価値ありだ」

その後三〇分ほど協議をしたが、翌日には山本は海軍省に、大型ドローン兵器の開発を行なうよう意見を具申し、これを認めさせた。

この兵器の開発には海軍省の判断で、オートジャイロを陸軍に納めている萱場製作所が選ばれた。

茅場では現在、完全な形のヘリコプターの試作が進んでいたが、これと並行する作業に小さな会社はてんてこ舞いとなった。

この日の協議ではもう一つ、次の対米作戦についても簡単に話が出た。

ＹＴ予測では、敵は一か月を目処《めど》に機動部隊を差し向けて、日本の作戦を牽制するだろうという話である。

この一か月後に予定されているのは、ミッドウェー島の攻略であった。

現在ＹＴ予測が示している戦争の指針の最終的な勝利条件の一つとして、ハワイ攻略というワードが出ている。

すぐにこれを実現するのは不可能だったが、南西太平洋方面を完全に制圧すれば、一方向からの圧力でハワイを陥落できるという試案が上がっていた。

この前の前の段階として、ポートモレスビーの攻略と、六月末に行なうミッドウェー攻略が必要不可欠となる。

　令和の過去の戦いで、機動部隊がミッドウェー沖で壊滅したことは、海軍上層部も大本営も把握している。

　だからこそ、負けない戦いに執心する。

　そのためには、ＹＴ予測を最大限に利用する。

　これは決定事項であった。

　作戦には、山本も戦艦大和に戻って参加する予定であった。

「次の戦いも、無傷で乗り切れるほど甘くはないだろう。だからこそ、第一一航艦の協力が不可欠となるのだ、機動部隊に穴が開いたら、基地航空隊に責任がのしかかる。よろしく頼むぞ」

　塚原が司令長官の元を離れる時に、山本が強い語調でそう言った。

「承知してます」

　塚原は顎を引き、強い眼差しで敬礼して、暫定的に艦隊司令部の置かれた木更津へと帰った。

　この三日後、長門は横須賀を出港。

　四日の航海でトラックに入港すると、一週間ほどしてから連合艦隊司令部を再び大和に戻した。

　そして、その大和に戻った山本に、ＹＴ予測室から意外なる提言が届けられたのであった。

３

　この施策をＹＴが吐き出した時は、まだ事の重大さを鷹岳も他の班員も気づかなかった。

　最初にそれが実はとんでもない話だと気づいたのは、藤代中佐だった。

「おい待て、この作戦を我が軍が取ったら、英国は……いや、米国も方針を変更する可能性がある」

「と言うか、私には意味が今一つ理解できないのですが」

　鷹岳が言うと、藤代は「ああ」と言って解説を始めた。

「令和の過去世界で、日本がビルマに攻め込み結果的に敗北した話は覚えているな」

「ええ、インドを目指したんですよね。北部のインパールでしたか」

「これは、開始した時期が悪かったせいで失敗したとも言える。他の戦線の行き詰まりを打破するような意図で戦線を拡大し、兵站《へいたん》もろくに確保せず進撃した結果、大量の餓死者を出した」

「ひどい話です。ですが、その悲惨な例を知った上で、ＹＴはなぜインド攻撃を示唆してきたのでしょうか」

　ＹＴが吐き出したのは、潜水艦隊を使った小規模な上陸攻撃をインド南部に行なうという、まるで自殺攻撃かと疑いたくなる内容であった。

　これは何か別の作戦と連動していると、勝手に判断した鷹岳であったが、いくら探してもそれに該当する作戦が見つからなかった。

　いったい、この作戦にはどんな意味があるのか、ようやくＹＴ予測室の班員たちも、事態の異常さに気づき集まってきた。

「この作戦を実施した場合、攻撃隊は見捨てられ、全滅する危険があるんじゃないですか」

　湯浅が言った。

「この単純な提言だけでは、まったく意図が読めない。ＹＴに作戦詳細を吐き出させよう」

　鷹岳の判断で、戦況分析を一時中断し、このインド攻撃作戦の詳細なプランを機械に吐き出させることになった。

　およそ一時間かけて、ＹＴ予測機は作戦の概要を打ち出した。

　内容を見た一同は驚いた。

「これは！」

「こんな作戦、聞いた事がない。と言うか、高度な政治的折衝が必要になる。可能なのかな」

　藤代が顔をしかめたが、鷹岳がある箇所に目を止め頷いた。

「いつの間にか情報が入ってますよ、ＹＴの中にね。見てください、我が国はすでに糸口を掴んでいます」

「モハン・シン大尉？　知らない名だな。同じ情報畑だが、陸軍の諜報とはまだしっくりいってないからな」

「とにかくこの作戦は、上層部に打診してみる価値がありそうですね」

　藤代が頷き、報告は連合艦隊司令部に送られたわけである。

「我が国の武器は、決してあまっているわけではない。しかし、兵を損なわず、有効に敵に第二戦線を作らせられるなら、これは奇手だな」

　こうして作戦は、研究の名目で、実施に向けて動き出した。

　実行は、ミッドウェー攻略戦の裏と言うか、同時期に行なうのが妥当という判断であった。

　というわけで、まず陸軍に掛け合って、ＹＴが指名したモハン・シンという男を、海軍省に呼び出すことになった。

　シン大尉は、英印軍の将校だった。クシャトリア階級の出身で、士官学校を出た選ばれたインド人。だが、彼はシンガポールの戦いで、自ら日本軍に投降し、インド独立のために日本の協力を求めた反英国主義の軍人だった。

シン大尉の処遇を巡って、最初陸軍は冷たい反応しか示さなかったが、タイに発足した陸軍の諜報組織F機関が彼に目を付け、チャンドラ・ボースが率いるインド独立党と彼を結び、インド独立軍の部隊指揮官に任命したのであった。

「海軍が全力で、武器と貴君の部下をインドに届けてみせる」

海軍大臣にそう切り出され、シン大尉は目を真ん丸にしたが、すぐに興奮した様子で大臣の手を握り、何度も力強く揺すりながら答えた。

「必ず国家を、イギリスの植民支配から奪い返します。ご恩は一生忘れない。祖国に我々を届けてください！」

この時、マレー半島で活動中だったインド独立軍の兵は、およそ二個中隊程度と寡兵であった。

それは、日本軍に捕虜になったインド人兵士のうち志願者だけで編成された軍だからで、逆に言うと、結束の強い部隊であるとも言えた。

シン大尉は、海軍の飛行艇でマレーへと飛び、そこで部隊員と共に上陸訓練を開始することになった。

その上陸に使用するのは通常の輸送船ではなく、YT予測機が指定した海軍の潜水艦であった。

海軍はこの作戦に、一二隻もの伊号潜水艦を投入することにした。

シンガポールを出港した潜水艦隊は、本来は航空機を搭載する潜水筒に武器を満載し、およそ三〇〇名の兵士と共に上陸地点に揚陸させる。

直接上陸部隊を乗せていく潜水艦は一〇隻で、これは狭い潜水艦にはせいぜい二〇名から三〇名までしか兵士を余分に乗せられないので弾き出した数。残る二隻は、万一に備えた上陸の支援艇である。

　この支援攻撃用潜水艦には、アメリカ本土攻撃にも使用したＭＬＲＳ搭載艦が充てられる。

　潜水艦隊は六月上旬にはシンガポールに集結し、インド独立軍の上陸訓練に協力する体制を取ることになった。

　ちょうどこの時期、他の潜水艦部隊はミッドウェー攻略戦に向け、中部太平洋で縦横に偵察活動を繰り広げていたが、その一方、中型の呂号潜水艦を中心にオーストラリア、ニュージーランド方面で大規模な通商破壊戦を開始した。

　これはこの戦争で初めて施行された、日本軍による無差別雷撃戦の開始を意味している。

　ＹＴ予測は、アメリカとオーストラリアの交通遮断を求めてきており、これに応える形での潜水艦戦争の開始であった。

　この最初の犠牲になったのは、オーストラリアのシドニーを目指していたタンカーのストーンコールド号であった。

　護衛無しの単独行をしていた同船は、五月二九日の未明に、呂号三五潜水艦の四本の魚雷を受け轟沈した。

　この呂号三五潜をネームシップとする中型潜水艦シリーズは、令和の過去では昭和一八年になるまで登場しない艦種である。

　しかしＹＴ絡みの施策で前倒しの製造が決まり、この三月から順次就役して、すでに七隻が戦場に出ている。

　最初から通商破壊戦を目的に設計をあらためて、搭載魚雷数を増やした呂号三五型は、今後五〇隻以上の建造がすでに決定していた。

逆に大型の伊号に関しては、二種類の艦にのみ建造を集約し、これも建造を急いでいる。

その二種類というのが、水中での高速移動を念頭に開発される潜高型と、輸送潜水艦の潜輪型である。令和の過去世界で潜水空母として登場する特潜型は、建造リストから削除された。

必要以上に大型の潜水艦は、用兵的にも無駄であるという判断を、ＹＴが下したのだ。

航空機の潜水艦搭載は、日本海軍にとってはお家芸と言うか、常道的に偵察に水偵を利用していたから抵抗が大きかったが、そもそも水上機での万能攻撃機という機体を現在の製造ラインに乗せるのには、やはり無駄が大きかった。

令和の過去では晴嵐《せいらん》という万能機を生み出してはいたが、これを量産しても使い勝手が悪すぎる。

むしろ水上機で攻撃と言うなら、瑞雲《ずいうん》をモディファイし、実用的な機体として生まれさせるほうが合理的だった。

このため、水上攻撃機瑞雲と、さらに水上攻撃機強風《きょうふう》は、ＹＴの指示で製造が進められ、まもなく実際に使用可能になる。

なおこの世界の強風は、のちの局地戦闘機紫電《しでん》とは切り離された設計の機体となった。

エンジンは火星が選択されたので、令和の過去の強風同様、強トルクに悩まされることになるが、基礎設計をＹＴが計算したために機体が傾くなどのトラブルは試作段階でも現れなかった。

一方、瑞雲に関しては、令和過去で採用された支柱へのダイブブレーキ装着による急降下爆撃機能、これを前面に押し出すために、強力な金星改エンジン、二一〇〇馬力版を搭載し、フロート付きながら時速四五〇キロ超えを達成した。

ついでに令和の過去では、強風から発展した局地戦闘機紫電、これはこの世界では最初から低翼式の戦闘機として、別設計の胴体とエンジンを与えられて生まれ出ようとしている。

この機体が、第一一航艦の塚原が川西飛行機まで視察に出かけた新局地戦闘機で、エンジンには生産性の悪い誉の改良版、誉三二型一九六〇馬力が与えられ、まもなく試験飛行が始まる。

過給機は装備せず、中低高度での空戦性能を第一に考えられた格闘戦特化の戦闘機となる予定である。まだ決定していないが、この機体には轟電《ごうでん》の名前が与えられる見込みだった。

見た目的には令和過去の紫電改《しでんかい》に酷似しているが、そもそも紫電が生まれ出ないので、このネーミングに落ち着くことになる。


轟電はなぜこういうキャラクターになったかと言うと、対爆撃機ハンターとしてはすでに雷電《らいでん》が存在しており、さらに時代を飛び越えた性能である過給機エンジン装備の高速局地戦闘機も、同時進行で試作が行なわれているからである。

つまり、米軍が成層圏爆撃機を完成させても、その相手は高速局地戦闘機に任せ、今後出現が予想されるグラマンＦ６Ｆヘルキャット、Ｆ８Ｆベアキャットなどの艦載機対策であり、陸軍機のＰ38やＰ47などと互角に戦える運動性能が与えられた機体という事になる。

海軍では、これらの機体のほかに、実はすでに艦載機の新機種が生産ラインで続々完成しつつある。

その一部はすでに陸上基地に運ばれ、すでに新造空母の隼鷹と飛鷹で発着艦訓練が始まっていた。

連合艦隊では、この新型機の編成による航空隊を早々に機動部隊に送り込む予定を組んでおり、ミッドウェーが初戦になると見込まれている。

とにかくこういった新兵器群を絶え間なく戦場に送りだせるのも、第四研究所とＹＴ予測室のおかげというわけだ。

二つの作戦準備が進む六月の頭、舞鶴の第四研究所ではまたしても新しい兵器の実験が行なわれようとしていた。

田伏雪乃たち女性士官研究員たちは、目の下にクマを作っても、それを化粧で誤魔化すこともなく日夜、研究に没頭していた。

五月も末に差し掛かり、第四研究所はいくつかの作業を並行でこなしていた。

この日、田伏を筆頭として四人の女性研究員と海軍技師五人、さらに護衛の兵士一〇名ほどが、湾の中にある小島で実験をしていた。

「電圧が安定してたら、そのまま送電してちょうだい」

研究員の一人、山田小夜子《やまださよこ》特務少尉が、田伏雪乃に合図を送りながら言った。

「送電開始、いつでも大丈夫やで。スイッチ入れたら教えてや」

雪乃が言うと、山田は頷き大きな機械の操作盤をいじった。

その機械には回転式のパラボラアンテナが直結しており、スイッチが入るとそのアンテナがくるくると回り始めた。

操作盤にはスコープが装備されており、アンテナの回転に合わせて光の帯が回転をする。

全方位レーダーに間違いなかった。

これは第四研究所が開発した小型のレーダーで、小型トラック一台あればどこにでも運べるほどの大きさにまとめられていた。

しかし今日の実験は、このレーダーが主役では無いようだった。

「反応あり、予定通りに向かってきてるわ」

山田が言うと、大原香《おおはらかおり》特務少尉が頷きながら雪乃に言った。

「こちらも最終点検完了、問題なしです」

彼女の前には、簡易式のロケットランチャーが置かれている。

「さあ始まるわよ、気を引き締めて」

雪乃に言われ、全員が表情を引き締めた。

「もうすぐ見えるはずよ」

山田が言った。

「視界に入ったら、発射の最終確認をしてちょうだい。阿波《あわ》さん、実験開始しますえ」

雪乃が技師のトップを務める阿波雄二《ゆうじ》高等技官に言った。

阿波が大原のほうを見ながら言った。

「噴進弾のほうも問題ないようですね。味方機には、誤射に注意を促しますよ」

「標的機の操縦言うのんも命懸けやね」

雪乃がそう言って南の空を仰いだ。そこにはこちらに向かってくる一機の双発機と、それに曳航されたグライダーが小さく見えてきていた。

「あと二分で直上です」

無線機に取り付いていた若い兵士が言った。

「軍用機言うても遅いんやね」

雪乃が言うと、阿波が答えた。

「あれは練習機ですから速度は出ません。それに、操縦席周りに頑丈な鉄板張り付けて重くなったうえに、グライダーを引っ張ってますからね。今、速度はせいぜい一二〇キロってところですか」

なるほど、飛行機はゆっくりやってくる。

グライダーを曳航しているのは、海軍が参考機材としてアメリカから戦前に購入したロッキードのエレクトラ輸送機で、現在は練習機として米子に配備されていた。

このエレクトラに引っ張られたグライダーは無人で、本来木製の機体にジュラルミン箔がびっしり貼られていた。

地上のレーダーでは、このグライダーのほうが大きく反応し、画面に映し出されている。

「計算通りの反応やね」

レーダースコープを横から覗いた雪乃が言った。

「これなら問題なく、標的のほうに向かうと思います」

山田が言うと、雪乃が頷きながら、地上にセッティングされたランチャーの操作盤前の創原麻美《そうはらあさみ》少尉に言った。

「さあ本番や、準備ええ?」

「大丈夫です」

答えを聞いた雪乃が、さっと手を挙げた。

「ロケット点火」

ランチャーの上に乗った弾体長二メートルほどの噴進弾が、尾部から火を噴き始めた。

「数値は正常に探知している事を示しています」

創原が答えた。

これを聞いて、雪乃がさっと手を下ろした。

「発射」

創原の手がグイっとスイッチをひねり、噴進弾が空中に舞った。

ぐいぐいと高度を増す弾体は、かなりの加速を示す。どうやら通常の火薬式のロケットでは無いようで、噴出する炎は、青白い舌を長く伸ばしている。

　そしてその速度は、通常の弾道飛行をする噴進弾の倍近い。目算でも一〇〇〇キロに迫っていると判る超高速で飛翔していた。

　最初、まっすぐ飛んでいたロケットは、やがて少し進路を変える。

「きちんと変針してるわ、順調よ」

　三秒後、噴進弾は飛行中のグライダーに吸い寄せられるように軌道を変えた。

「いいわね」

　地上から見ていた雪乃が呟く。

　その二秒後、ついに噴進弾はグライダーの位置に到達した。

　だが、それは命中することなくグライダーのすぐ真横を突っ切って、さらなる上昇をした。

「外れかあ」

　山田が無念そうに言う。

「あと二メートルってところだったわね」

　大原が言うと、雪乃がふっと微笑んでから言った。

「だったら実験は成功やわ」

　そこで女性士官たちは、視線を交錯させいっせいに頷いた。

「マルキン範囲内！」

　マルキン、つまり近接作動信管を内蔵していたら、噴進弾はグライダーの至近で爆発したはずだ。

　今回の実験では、噴進弾の弾頭には火薬も信管も装備されていなかった。だから爆発はしない。

　そもそも爆発されては困る理由があった。

「あと四秒で燃焼終わります。ロケットは海に落ちます」

　山田の報告を聞いて、雪乃が阿波に言った。

「回収のほうはお任せします。国家最高機密ですさかい、くれぐれも見失わないように頼みますえ」

阿波が深く頷いた。

「きちんと回収して研究所に持ち帰ります。乗せていた記録器の情報精査は実験の締めですからね」

雪乃はにこりと笑った。

「まだ安定率は低いから実用化はかなり先やけど、これで令和から提供された、打ち放し式の対空ロケットの実用化はかなり前進したわね」

この日の実験は、世界に先駆けての自己追尾式ミサイルの発射実験だったのだ。

対空攻撃の最後の切り札と目されるこのミサイルが実用化するには、まだクリアしなければならない問題が山積していたが、それでも弾体はしっかりと目標に向かって自動追尾をしてみせた。

これから回収した弾頭に積まれた追尾装置の作動記録を解析し、より精度の高い物を作り上げなければならない。

雪乃は、実験機材の撤収作業を見守りながら、タブレットのスライドで見せられたあの地獄のような光景を思い出していた。

日本各地を襲ったB29による空襲の惨禍は、目を覆うなどと言うレベルではなく、雪乃に少なからぬトラウマを植え付けていた。

絶対に、帝国上空にB29を入れてはならない。もし入ってきたなら、爆弾を、焼夷弾を落とす前に墜とすしかない。

そのための必要なあらゆる兵器を、現状のテクノロジーを無視してでも実用化する。雪乃はそう決意していた。

このミサイルもそうだが、雪乃は局地戦闘機に関する詳細な図面を、日本各地の航空機会社にばら撒いた。

戦争に勝つには、とにかく未来技術を最大限に利用するしかない。

そう強く思い、日々努力していた。

この彼女の背を押すもう一つの力は、令和六年の世界から彼女を援護する田伏由佳の存在だった。

由佳の世界の次元追跡装置は、決して安定的でなく、通信はたまに途絶した。

それでも両世界がコネクトした時は、由佳のアドバイスで製作したデータ受信装置、ファクスの原理を使った初歩的なそれだが、その機械によって書類化された提言を受け取るのが、ルーティンとなっていた。

その由佳からの提言に、戦争の遂行のありかたそのものが盛り込まれるようになったのが、四月末からの事。

その時期に、由佳は令和において信頼できるブレーンと言うべき渡会と出会っていたのだ。

現在、ＹＴ予測機が示す指針の基礎的な部分を道付けしていたのが、実はこの渡会の考えた戦争プランなのだった。

雪乃と鷹岳は、この事実を知っている。

だが政府大本営も陸海軍首脳も、その事実を知らない。

機械は冷静に戦争のやり方を分析し、自分たちを導いていると考え、疑ることをせずにその指針に従い、戦争を進めているのであった。

雪乃と鷹岳は、このＹＴの予測に未来からの示唆が反映している事実は、決して明かすまいと誓っていた。

機械だから盲信してくれている。

そして、それが巧く機能している以上、秘密は明かされるべきではないのだ。

雪乃が躍起になって揃えようとしている対空兵装の数々。この選択にも、渡会の意見が色濃く反映していた。

特に海軍戦闘機の選択に関しては、渡会の趣味が色濃く反映しているのだが、これを雪乃は別段訝しむこともなかった。

航空機に関しては素人なのだから当然だろう。

もしこの提言をしたのが他の人間なら、より簡単に製造可能な機種を選択していたかもしれない。田伏由佳も見逃していた渡会の気質、それは彼が根っからのオタクであったということだ。

だが、もう動き出してしまった以上。この選択を覆すのは難しい。

これがどういう結果に帰結するかは、時の流れの先を見据えるしかないのであった。

4

アメリカ、ワシントン内にある陸軍省作戦部局に一人の士官が訪れ、ＧＣマーシャル参謀総長に面会を申し込んだのは、六月一〇日のことだった。

「二度目だな、ドーリットル中佐」

マーシャルが目の前の書類を見ながら言った。

「貴様がここまで乗り込んでくるのは、これで二度目だ」

念を押すようにマーシャルが言った。

「ええ、ですが今回の提案は、前回以上に実現性が高い作戦だと自負しております」

「どうだかな」

指先で書類を突きながらマーシャルが言った。

「すべて計算出来ています。新しい重爆撃機は問題なく、この距離を往復し生還できます。前回の作戦のように、海軍に危険を伴う協力を申し出る必要もありません」

「そうだな、その点は少し進歩したようだ。しかし、より難しい協力関係を構築しなければならないぞ、この作戦は。はっきり言って、政治家の腕前にかかっているとも言える」

ドーリットルは、怯む様子無く言い返した。

「もちろん、その点は我々軍人の領分ではないので何とも言えませんが、もし協力を約束してもらえれば、絶対に敵の意表を突く攻撃になります。どうか認めていただきたい」

マーシャルは、うーんと唸ってから腕組みをし、一度天井を仰いだ。

「よく出来ているのだ、貴様の作戦プランは。それだけに、落とし穴がないか不穏でならない」

「よく考えてください、これは反復性のある攻撃です。前回のように、サーカスを航空隊に要求するものではありません」

「いや、十分に綱渡りだろう……」

マーシャルは視線を書類に戻した。

そこにはこう書かれている。

対日本本土爆撃計画案。

極めて簡潔に、タイトルが内容を物語っていた。

この後、マーシャルは高度に突っ込んだ作戦の不明点をドーリットルに叩きつけたが、その悉《ことごと》くを彼は反論し、作戦に支障が無いことを強調してみせた。

このやり取りが二〇分続いた後、マーシャルは諦めの表情で言った。

「判った。この案を大統領のもとに預ける。決定権は大統領にある。それに、政治的折衝が必要になる以上、政府が強く関与しなければならん。その上で作戦が否決されても文句を言うな」

ドーリットルが深く頷いた。

「無論です」

一度ため息をついてからマーシャルは訊いた。

「この作戦を指揮できる士官のあてはあるのか」

ドーリットルは微笑みながら答えた。

「この作戦の攻撃隊長は、私です」

マーシャルはもう一度、ため息をついた。

この年の年頭に、この男は一度マーシャルのもとを訪れ、やはり日本本土を爆撃するための作戦案を突きつけた。

それは、双発爆撃機を空母に載せ、日本近海まで接近し、東京目指して発進させる。攻撃隊は東京爆撃後に日本海を飛び越え、黄海を抜けて中国大陸の同盟国である中華民国の支配地域に着陸するという、よく言えばアクロバティックな、悪く言えば夢物語同然の作戦案であった。

結局、この作戦は採用されなかった。

日本軍による米軍の圧迫のされ方が、空母を自由に日本近海まで近づけさせられないほど緊迫したものになってしまったからだ。

実際に、実験で空母から双発機が発進できることは証明されていたのだが、安全と目される海域から攻撃隊を発進させても、中国の支配地域まで辿り着くことが難しいと判断されたのだ。

こうして作戦は没になり、代わって採用されたのが、ハルゼー率いる機動部隊によるトラック空襲であった。

空襲は叶った。

敵戦艦に対し、微弱ながら被害も与えた。

しかし、知っての通り反撃してきた日本機からハルゼーが空母を全部引き連れ逃げ出し、出撃した攻撃隊は全機未帰還となった。

ハルゼーは、敵前逃亡と味方に対する過失罪で逮捕され、先日ついに軍法会議で禁錮二〇年の刑が言い渡された。

弁護人の腕が悪ければ死刑もあったと海軍長官が漏らしていたが、実際、ハルゼーを吊るせ、銃殺にしろという、犠牲になった搭乗員の家族たちを中心としたデモがワシントンの町を練り歩くことになった。

ハルゼーはずっと黙していた。

部下を見捨てた責任についても、何のコメントもなく、ただ黙って判事のギルティの声に対し、きつい眼差しで睨み返しただけであった。

ハルゼーは現在、サンディエゴの海軍刑務所に収監されている。


彼が復職することは金輪際ないであろう。

とにかくドーリットルの最初の作戦案は日の目を見ず、代替の作戦は、有能なる提督の社会的生命を奪い、同時に多くの艦載機搭乗員を失う結果に終わった。

このマイナスの結果が、アメリカの戦争指導部の負い目になっているのは間違いない。

結果的に、ここまで消極的な作戦しか選定できず、それがすべて後手となり対日戦では負けだけが続いていた。

この状況でアメリカ世論を沸かし、市民を鼓舞するような戦果。なんとしてもこれが欲しい。

それが、ルーズベルトを筆頭とする政府首脳の思いであった。

その戦果を渇望する首脳のもとに上げられたドーリットルの新たな攻撃計画は、大統領以下のスタッフの大きな注目を浴びることになった。

「この作戦には、さすがの日本も対応準備が出来ているとは思えない」

ルーズベルトがオーバルルームで、戦争指導部の面々を前に言った。

「本当にこの計画は実現できるのか？」

司法長官がそう言って懐疑的な顔をしたが、陸軍長官がデータの書かれた書類を示して言った。

「この機体は通常でも、三八〇〇キロの航続距離を持っている。これに爆弾積載量を減らし、爆弾倉内に予備の燃料タンクを設置した場合、航続距離は爆弾の量によって左右しますが、四六〇〇から五二〇〇キロ程度まで伸びる。つまり日本本土に十分届くのです、攻撃出発予定地点からなら」

「だが、そこに攻撃隊を送るのが大変ではないのかね。補給とか、そもそも飛行場は十分に対応できるのかなど懸念材料が多い」

「その点は相手に問い合わせるしかないし、完全な協力が得られるか不明瞭だと思うのだが」

海軍長官が顔をしかめながら言った。

すると、国務長官が挙手をしてこう言った。

「協力を得る自信はあります。今、このワシントンにはマダム宋が滞在している。彼女は極めて我が国に協力的です。というか、我が国の兵器を彼の国は欲している。ならば、それを条件に協力を取り付けるのは、可能性ある話だと思うのです」

この言葉に大統領は頷いた。

「作戦を認可しようじゃないか。そして請うのだ、国民党軍の協力を」

そう、ドーリットルの考えた作戦には、中国の協力が不可欠だったのだ。

そこでこの日から、アメリカと国民党との折衝が始まった。

そのフロント窓口となったのが、アメリカに滞在する蔣介石の夫人である宋美齢であった。

こうして作戦は転がりだしたのだが、不思議な事に、この作戦に対するYT予測機による事前予知はなされていなかった。

それがなにゆえなのか、この時点では不明だった。

いや、実際に時が経っても、謎はなかなか解けなかった。

しかし、実はものすごく単純な理由が、そこに有ったのだ。

見落としである。

アメリカから上がってくる諜報情報を入力していく段階で、ある一項目がすっぽりと抜けてしまっていたのだ。

それがドーリットル中佐に対する動向であった。

彼が要注意人物であることは、YT案件の中では共通認識であった。

東京爆撃を何としても阻止するという日本の戦略に、それが如実に表れていた。

ところがだ、実際に空母を使った東京爆撃を阻止した段階で、日本側はドーリットルの脅威は去ったと勝手に思い込んでしまった。

このため、アメリカでの諜報活動でドーリットルがワシントンに再接近している情報を摑んでいながら、彼がさらなる新作戦案を上掲する可能性をすっぽり無視してしまったのである。

だからYTには、ドーリットルの再登場を予見するデータは入っていなかったのである。

機械予測の最大の欠点は、データが無ければどんな答えも出てこないという点である。

日本は無論、まだこのぽっかり空いてしまった穴に気づいていなかった。

　それ以前に、目前に迫った作戦準備に陸海軍とも忙殺されているというのが問題だった。

　忙しさは、注意力をより散漫にしてしまう。

　自分たちの身に何が起きるかもわからぬまま、連合艦隊の将兵は訓練に打ち込んでいた。

　この時期、アメリカが太平洋において活発な動きを見せていなかったことも、日本側の見えない気の緩みを誘っていた。

　その最初の危険な兆候が、オーストラリアの近傍で発生しようとしていた。

　それは、独自任務で行動していた二隻の潜水艦のうちの一隻で起きた。

　作戦を担っていたのは、伊号二二潜と伊号二四潜であった。

　この二隻は、特殊潜航艇甲標的を抱え、シドニー湾に潜入し、停泊中の敵巡洋艦を攻撃するという特殊任務を帯びていた。

　ハワイ沖海戦では、思わぬ戦果を挙げる事が出来た甲標的であったが、まだその評価は定まっておらず、次の艦隊決戦への同道は見送られていた。

　珊瑚海及びソロモン海戦では、三隻の甲標的搭載潜水艦が動員されていたが、ついに出撃機会がなかった。

　そこで甲標的の隠密性を買って、敵の港湾侵入という難易度の高い作戦が命じられたのだ。

　この作戦には、ハワイ沖で武勲を上げた岩佐《いわさ》直《なお》治《じ》少佐（ハワイ沖の武功を受け、三月に昇進）が自ら志願していた。

　六月一二日、深夜に岩佐は、僚艦からもう一隻の甲標的が発進したことをランプの合図で確認し、静かに母艦である潜水艦の甲板を離れた。

シドニー湾は細く長い水路上の湾であるから、侵入は極めて難しい。

だが、逆にそのせいで、停泊中の敵艦に潜水艦に対する守りは薄いと目されていた。

「三時間半だな、湾口部まで」

海図を睨みながら岩佐が呟く。

甲標的は司令塔を海面から出したまま、深夜の海を突き進んだ。

潜航してしまうと移動速度は極端に落ちるので、この状態で進み距離を稼ぐのだ。

無論敵の巡視艇が近づけば、即座に潜航する。

海面は暗く、空はどんよりと冬の雲に覆われており星も見えない状況だった。

やがて、甲標的の視界に陸地が見えてきた。

岩佐の目に灯台の光が映った。

「ノースポイントの灯台に間違いないな。潜航するぞ」

機関士の佐々木《ささき》に告げ、岩佐は艇内に潜りハッチを閉じた。

同時にバラストに注水を開始し、潜航艇は潜望鏡深度まで沈下して、ゆっくりと前進を続けた。

敵はあまり警戒していない様子であった。

湾口に到達する前に、小型の巡視艇一隻を見かけたが、こちらに気づいた素振りは無い。

岩佐艇はそのまま狭い湾の入り口に入り込み、ハーバーブリッジに近い海軍栈橋を目指した。

しかし、ここからは両側に陸地が迫る海峡部であり、陸上からの目を常に気にしながらの進撃となる。このため、完全潜水状態で海図だけを頼りに、岩佐は艇を進めた。

もうあと少しで湾の屈曲部に差し掛かるという地点でのことだった。

突如激しい振動が艇を揺すり、そのまま潜航艇は動かなくなってしまった。

「しまった、防潜網に掛ったか!」

その通りであった。

豪海軍は、実際には湾内のいたるところに、この防潜網を仕掛けていたのだ。

事前の調査が行き届いていれば、この事実に岩佐たちは気づけたはずである。

岩佐はまず全力で後進をかけてみたが、やはりびくともしない。

揺さぶって網を外そうと、細かく前後進を繰り返すが、それでも絡まった網はびくともしない。

焦りで岩佐の呼吸が早くなる。いや、艇内の酸素も確実に薄くなっている。すでにかなり長時間潜水し、さらにこの網にかかった状態でも一時間以上格闘を演じているのだ。


まずい、このままでは酸欠になる。

そう判断した岩佐は、最後の賭けに出た。

「佐々木、浮上する。万一攻撃を受けたら、ただちに艇を放棄し脱出するぞ」

「了解しました」

煤《すす》けた顔で佐々木が頷く。彼も最高の出力を出そうと、ずっと蓄電池と格闘していたのだ。

岩佐が艇を浮上させるためバラストを操作すると、網に絡まった状態のために艇は斜めに浮き上がり、船尾の方が海面を突き抜けて突出し、司令塔は半分ほどが斜めの状態で海面に出た。

艦が斜めになった事で、岩佐たちは思うように身動きが出来なくなった。

「な、何とか脱出するぞ……」

無理やりにハッチを開けると、大量の海水が艇内になだれ込む。

この激しい水圧に逆らい、岩佐は艇外に身を乗り出した。その直後だった。

眩い光が、甲標的の姿を浮かび上がらせた。

沿岸のサーチライトが海面の異常を捉え、慌てて指向したのだ。

「敵だ！」

奇妙に船尾を海面から突き出した小型潜水艦の姿に豪兵たちが気づき、周囲にけたたましいサイレン音が響き始めた。

「これまでか、とにかく脱出だ」

岩佐はどうにか艇外に出ることに成功し、海面に身を躍らせた。

続けて佐々木も、ハッチに姿を現した。

だがそこに、いきなり機銃掃射が襲ってきた。

一瞬の出来事だった。佐々木兵曹は、胸に二発の機銃弾を受け、鮮血を宙に飛び散らせた。

「佐々木！」

岩佐が叫ぶ目の前で、彼は絶命していった。

岩佐は「くそ」と叫び、そのまま抜き手で甲標的から離れようと泳ぎ出した。

だが、その彼の姿をサーチライトの光輪が照らし出す。

四方から銃弾が彼を狙って放たれる。

たまらず岩佐は水中に潜ったが、長くは続かず海面に顔を出した直後、左の肩に激しい痛みを感じた。

小銃弾が貫通したのだ。

苦痛に顔をゆがめた岩佐は、反射的に右手で左肩を押さえた。

そこに再度の銃撃が襲い、一発の小銃弾が彼の首を貫通した。

逆流した血が口から溢れた。

もはやこれまでかと悟り、岩佐は全身の力を抜き、海面に身を浮かべる姿勢を取った。

意識はしっかりしていた。だが、身体はもう言う事を聞かない。

大の字になって浮かんだ岩佐の姿に、彼が死んだと思ったのか銃撃はやんだ。

しかし、岩佐に逃れる術はない。

機帆船らしきポンポンポンという焼玉エンジンの音が耳に響いてきた。

ああ、自分は捕まるのだな。

岩佐はそう覚悟を決めた。

二分後、彼は無抵抗の状態で、オーストラリア軍の捕虜となった。

時間の経過とともに失血で意識が薄れていく。

そのぼんやりした意識の中で、彼は思い起こしていた。

捕虜になった場合の心得、まず徹底的に秘密を守る事。そして機会があれば脱走をする事。しかるのち、破壊活動をして友軍の一助を成せ。無駄死にをするな……

やることが多すぎるぜ。そう考えたところで岩佐は意識を失った。

この日、突入したもう一隻の甲標的。伴《ばん》中尉と芦辺《あしべ》兵曹ペアの潜航艇は、岩佐艇を巡る交戦の横をすり抜け、湾奥に侵入することに成功した。

そこで夜明けを待ち、目視で米巡洋艦を確認。

これを雷撃し、二本の魚雷のうち一本がその左舷に命中、艦を中破させた。

この被害を受けた巡洋艦は米海軍のシカゴで、奇しくも令和の過去でやはり甲標的に狙われ、あわや難を逃れた艦であった。

この世界では、甲標的の魚雷は二八人もの敵乗員の命を奪い、シカゴも修理のために二週間ものの足止めをされることになり、予定されていたニューカレドニアでの機動部隊との合流は果たせなくなった。

防空戦力として期待されていた艦でもあるので、米軍には手痛い損害と言えた。

だが、この攻撃直後に、伴の潜航艇は激しい攻撃を受け沈没。乗員二名は艦内で戦死した。

もし事前にシドニーの敵情勢をしっかり把握していたら、この無謀な攻撃は決行されなかったろう。慢心が二隻の未帰還艇を生んだと言って、過言ではなかった。

結局、この損失を機に、甲標的による無理な突撃は行なわれなくなった。

この小型潜航艇は、従来通り艦隊決戦の補助役として投入されることになり、残った甲標的部隊の面々は潜水艦母艦に搭載され、ミッドウェー海域で想定される決戦に臨むことになった。

同時にオーストラリア方面には、さらなる呂号潜水艦の増強が行なわれ、六〇〇トンクラスの呂号一〇〇型も、多数が通商破壊戦に投入された。

この小型潜水艦隊の活躍は目覚ましく、一か月で敵商船及びタンカーなど合計二八隻を撃沈し、さらに駆逐艦一隻も仕留めるという棚ぼた的戦果まで挙げた。

この時期、アメリカもまた潜水艦戦を仕掛けてきていた。

これは、アインシュタイン博士の提言をワシントンが受けた結果の作戦展開で、なるほど、現状のアメリカ海軍で元気に動けるのは潜水艦しかいない。

その潜水艦なのだが、初期は魚雷の不発が多すぎて戦果を挙げられていなかった。

現在はその不具合を改修し、まともな魚雷を発射できるようになった。

しかし、その戦果は思ったほど挙がっていない。これは日本軍が南方輸送に際しては、護送船団方式を採用し、船団には必ず水中ソナーを備えた潜水艦ハンターの駆逐艦、または海防艦が同行していたからだ。

日本軍の水中調音機の精度はすさまじく、米潜水艦の平均的魚雷発射位置である二キロ以内に接近すると、確実にその位置が露呈するという厄介な代物だった。

高性能ソナーの洗礼によって、すでに一一隻の米潜水艦が船団護衛の艦に仕留められていた。

この他に、水雷戦隊の駆逐艦も三月からだけで五隻の米潜水艦を仕留めている。


こういった日本軍の潜水狩りの影響で、太平洋の中部方面には米潜水艦の空白地帯が生まれていた。もはや頼みの綱の潜水艦ですら、数が決定的に足りなくなったのだ。

水面下の戦いでも、日本は優位に戦っていた。

しかし、アメリカもすでにソナーの装備を始めており、日本の潜水艦もまた、現在の米潜水艦同様に苦しい戦いを強いられる時期が訪れようとしていた。

戦争は確実に、混沌の影を滲ませてきている。

ＹＴ予測一本やりで来た日本の、言ってみれば息継ぎ、小さな転換時期が確実に訪れてきている。

戦争指導部もＹＴ予測室も、これを百も承知で従来通りに戦争を押し切ろうとしている。

これが吉と出るか凶と出るかは、肝心のＹＴ予測をしても判らない未来と言えた。

5

インド独立軍の兵士たちが、ずらっとシンガポールのセレター軍港の桟橋に並んだ潜水艦の中に消えていく。

ついにインド上陸作戦が始動したのだ。

たった三〇〇名の言ってみれば単なる奇襲攻撃に過ぎない作戦だが、この攻撃には大きな政治的意味合いがある。

永くイギリスの植民地に置かれたインド国民が、銃を手に取り、これに真っ向から挑むのだ。

かつてのシパイの乱、いや令和の世ではインド大乱と呼ばれるあの戦いでも打ち破れなかったイギリス支配を、チャンドラ・ボース率いるインド独立党は本気で成し遂げる気であった。

この上陸作戦は、その反撃の最初の狼煙なのである。

モハン・シン大尉は部下たち一人一人に部隊章を手渡し、インド人としての誇りを胸に戦おうと誓い合った。

彼らが乗り込む潜水艦には、携行武器のほかに合計一個連隊分に相当する武器弾薬が積まれていた。これは、独立軍がインド本国で兵を集め、武装させるためのものだ。

彼ら独立軍の使命は、インド国内にゲリラによる第二戦線を構築する事であった。

一二隻の大型潜水艦は、夕刻にシンガポールを出港し、そのままマラッカ海峡を進んだ。

この近隣はすでに完全な日本軍支配地域となり、英軍だけでなく豪軍のゲリラ部隊に至るまで炙り出し殲滅が終わっていた。

令和の過去において、アメリカ軍はコーストウォッチャーという島ごとにゲリラの見張り員を置き、日本海軍と輸送船の動向を逐一無線連絡させ、その詳細な動きを把握していたが、この世界ではそのネットワーク構築は根底から邪魔された。

日本軍は、島という島に政府職員を送り込み、住民の不満を聞き、必要な物資を無償で与えるという完膚なきまでに住民を甘えさせ、手なずける作戦に打って出た。

その結果、連合軍がどんなに極秘裏にゲリラを送り込んでも、これに協力する住民が見つからず、逆に日本軍にゲリラの所在を通報するという事例が相次いだ。

アメリカは、まさか日本の占領政策がそれほどまでに原住民ファーストになっているなど知る由もなく、単純に協力を得られると踏んで上陸してみたら、その原住民に捕縛されてしまったというケースも発生していた。

このおかげで、日本軍は南洋の海路を自在に運用できるようになった。

アメリカはどの海域でも、正確な日本艦船の運航を把握することが出来なくなった。

これはそのまま、日本軍の軍事展開の詳細を摑めなくなったことも意味しており、どこに戦力が集中しているのか、現在は完全に五里霧中と言った感じであった。

こういった状況であるから、潜水艦隊は浮上航行で堂々と艦隊を組み、マラッカ海峡を通過、アンダマン海を経てインド洋へと入った。

ここに至ると、さすがに英軍の哨戒機なども飛行しており、潜水艦隊は昼間は潜航して進む隠密行動へと移った。

艦隊が目指しているのは、西ベンガル方面。

この世界ではまだカルカッタと呼ばれている、インド東部随一の都市の近傍であった。

明らかに敵の守りが重厚そうに思えるが、実はインド国内の多数の協力者によって、そこが文字通り防備の穴になっている事を、インド独立軍は掴んでいた。

日本軍の力では得られなかったろう情報だ。

情報戦に根強いのは、やはり地元の反体制住民ネットワークというわけだ。

上陸予定日は六月二五日。

その前日まで、潜水艦隊はまったく敵に接触することなく隠密航行を続けることが出来た。

「いよいよ明日だな」

伊号三一潜に乗り込んでいるシン大尉に、艦長の井上《いのうえ》中佐が語りかけた。会話は拙《つたな》い英語でなされている。

「お世話になりました。これまでの恩は一生忘れない」

「我々はアジアの同胞として、インドの決起に力を貸すのだ。なんとしても国を取り戻したまえ」

シンは爽快な笑顔で答えた。

「もちろんです」

艦隊はついに、インド亜大陸の陸地が見える位置にまで到達した。

夜間望遠鏡でインドの海岸線を見たシン大尉は、ギラギラとした瞳を見開きこう言った。

「眠れる同胞の獅子たちよ、今新たな牙を届けにいく。戦士たちよ、明日を待て」

このインド独立軍の上陸作戦と完全に呼応する形で、連合艦隊はミッドウェー攻略作戦を進めている。

その攻略部隊に先行する南雲機動部隊は、このシン大尉がインドを見つめているちょうど同じ時間に、ミッドウェー爆撃のための攻撃機を発進させ始めていた。

中部太平洋はすでに朝を迎えており、朝日の中を日の丸を染めた銀翼は三隻の空母、赤城、加賀、飛龍から勢いよく飛び出していく。

その攻撃隊の姿は、ついこの間のソロモン海珊瑚海海戦の時と、ガラッと変わった陣容になっていた。

艦載機が一新されているのだ。

「この新型戦闘機はでかいが、小回りは零戦並みに効くな」

赤城戦闘機隊の新戦闘機隊長大河内《おおこうち》少佐が、新しい艦上戦闘機の翼を軽くバンクさせて言った。

六月から採用の機体には、すべて固有の名前を付けることになった。年内に、とにかく膨大な数の新型機が就役する予定で、そのすべてを二式では区別がつかなくなってしまうからだ。

この新型艦上戦闘機の名は「烈風《れっぷう》」であった。

そう、令和の過去世界では結局量産が間に合わなかった、零戦を継ぐ戦闘機と同じ名である。

令和の過去では開発に手間取り、最終的に量産型と言える烈風改《れっぷうかい》までは製作できたが、これが空母に載ることはついになかった。

この昭和世界では、この烈風をベースにエンジンを新設計のハ四二―一二型、一六気筒ながら二一〇〇馬力を絞り出す強力かつタフなものに変え載せている。

最高速度は六七〇キロを誇り、その運動性能は軽い逆ガル翼に装備された自動空戦フラップによって保障されていた。

武装は翼に四門の二〇ミリ機関砲、機種に二門の一三ミリ機銃という重武装。

現時点では、速度も攻撃力もほぼ世界一の水準にある戦闘機と言えた。

おそらくこの機体なら、まもなく戦場に現れるはずの米軍の重戦闘機Ｐ47サンダーボルトとも互角に渡り合えるはずだ。

現在、この烈風は赤城と加賀にだけ配備されているが、攻撃隊に同行する戦闘機は両艦の烈風だけで、飛龍の零戦隊は艦隊護衛に専念することになっていた。

合計二四機の烈風が、空に舞い上がり終えた。

この烈風に次いで発艦を始めたのが、新型艦爆の「彗星《すいせい》」である。

横廠エンジンを積んだスマートな艦爆は、その速度で烈風に迫る韋駄天である。この機体は強力なエンジンのおかげで、九九式艦爆では搭載不能だった大型の五〇番、つまり五〇〇キロ爆弾の携行が可能になった。

しかもその爆弾を、開閉式の爆弾倉内に格納できるので、速度の低下はほとんどしない。

この攻撃でも彗星部隊は、五〇番の徹甲爆弾を携行しての出撃である。これに直撃されたら例え要塞陣地でも、ただでは済まないだろう。何しろ戦艦の一メートル近いバーベットを貫き破壊するだけの威力を、この爆弾は持っている。

これまでの二五〇キロ爆弾とは、わけの違う必殺兵器であった。

三隻から合計三九機の彗星が上がると、最後に新型艦攻の「剱山《けんざん》」が飛び立ち始めた。

この機体は、令和過去で九七式艦攻の後を継いだ天山《てんざん》とは似て非なる機体であった。

剱山は、立川飛行機製なのだ。

陸軍機ばかり作って来た名門立川が、なぜ海軍機、それも大柄な艦上攻撃機を作ったのだろう。

これはYTの指示によるものだった。

国内の製造ラインを、YTは陸海軍関係なく効率的に割り振り、生産計画を立てた。その中で新工場を作ったばかりの立川飛行機の生産ラインが、まったくの新設計のこの剱山の製造に適任だと白羽の矢が立ったのだ。

剱山の設計者は、令和のコンピューターAIである。

R大学研究室で実験的に引いた図面が、基礎になっている。

この機体は、既存のエンジンでもっとも効率よい金星のチューニング版を使っている。すでに実績があり安定したエンジン、これを完璧なシーリング技術と部品のすり合わせで一八五〇馬力にまで出力を高めてみせた。

このエンジンに、最小限にまで径を絞った細長い胴体を繋ぎ、逆ガル式の主翼を与えたのが剱山一一型である。

最高速度こそ五六〇キロほどでしかないが、重い艦上攻撃機としては、世界を視野にしても抜群に速い部類と言えた。

しかし、この速さのせいで兵器局は、突貫工事で新型魚雷を開発しなければならなかった。

魚雷は攻撃機の速度が速すぎると、海面突入の際に爆発してしまうのだ。

これまで使ってきた九八式航空魚雷では、速度二五〇キロまでの雷撃しか不可能だった。しかし、そんな速度での雷撃は、剱山では宝の持ち腐れになってしまう。

そこで急遽開発したのが、九八式航空魚雷改二型であった。

ケースの強化と新型の信管の採用で、この魚雷は速度三三〇キロ、高度一五〇メートルからの投下にも耐えられるようになった。満足いく数値ではないが、十分に高速雷撃の範疇に入るスペックと言えた。

ちなみに九八式航空魚雷改一型というのは、真珠湾で使用した着水と同時に尾部に取り付けた木製板が外れ、急激な沈降を防ぎ、浅深度での雷撃を可能にした真珠湾スペシャルとでも言うべきあの魚雷を指す。

しかし、発進を開始した剱山に、新型魚雷は搭載されていない。

それはそうだ、これから行なうのはミッドウェー島の施設に対する地上攻撃なのだ。雷撃の出番はない。

という事で、剱山はそれぞれ対地攻撃用の爆弾、六〇キロの小型爆弾をそれぞれ八発搭載しての出撃となった。

合計一八機の剱山が発進し、攻撃隊はすべて無事に離陸を終えた。

真珠湾の攻撃以来、日本海軍機動部隊では、第一撃に準備した攻撃機が機体不良で発進取りやめになった事が一度もない。

実はこれは、驚異的であった。

令和世界の過去においては、常に故障機が発生していた。

真珠湾攻撃においても、第一次攻撃隊第二波で発進取りやめ機が二機出ている。史実に見る真珠湾攻撃参加機数が半端なのは、このためだ。

その後も、故障は機動部隊だけでなく、どの航空隊でも搭乗員を悩ませ、作戦機の稼働率は戦争の経過とともにどんどん下がっていった。

説明するまでもないだろう、これは工作技術が未熟で、機械が本来の性能を発揮できなかったためである。

怒られるのを承知で言えば、女子高生が組み立てていたエンジンが、動いただけでもたいしたものだったと言うしかあるまい。

現在、この世界の各飛行機工場でも、勤労動員は行なわれている。

多くの女学生だけでなく壮年男女も、積極的に航空機や戦車の組み立てに動員されていた。

だが工作精度は下がっていない。

これには理由がある。

ほとんどの工場で責任分担制を廃止して、単一作業従事に切り替えたのだ。

簡単に説明すれば、特定の螺子なり部品なりを取り付ける全工程、これを一人の工員の責任としてではなく、Ａの機体に一個の部品を取り付けたら今度はＢで同じ作業をという風に人間が移動していくのだ。

これは言ってみれば、流れ作業である。

機体は動かす必要がないので、大規模なベルトコンベアなどの施設はいらない。しかし、一つの部品取り付けにはエキスパートが必ず取り組むので、全体の仕上がりは均一かつ完全なものになる。

実に合理的なシステムである。

令和の過去世界では、一か所に置かれたエンジンや機体は、その専従の行員がすべてを組み立てていた。これでは精度にばらつきが出るだけでなく、生産性も極めて低い。

日本の大量生産がお話にならなかったのも当然だ。

この世界で新しい方式を取り入れたところ、大量生産の効率は実に五割も上がった。

アメリカの流れ作業には全然及ばないが、それでも納得いく内容の機械を確実に作り上げられるようになったのは、大きな前進であった。

今、艦隊を離陸した新型機群も、工場を出て試験飛行を行なった段階で、ほとんど調整をせずに空母へと搭載が出来た。

今までであったら考えられなかった事である。

旧来は、工場で出来上がった機体を熟練搭乗員がテストして、必ず出てくる癖や不具合をその場でどんどん直していき、最終的にようやくまともに飛べる機体になってから受領していた。

とにかく当たり外れが大きく、新造機受領の試験で墜落などという例も少なくなかった。

今回の新型機受領では、機械的問題で差し戻しになったのは一機のみ。しかもそれは組み立て不良ではなく、電装系の部品の不調というチェック漏れの案件だった。

とにかく日本の工業力は、画期的に底上げされたのである。

すべてが新型機で編成された編隊も、一機の不調機もなく突き進んでいく。

攻撃隊発進後に、三機の蝙蝠部隊の電光《でんこう》が発進した。この機体も遡《さかのぼ》って新名称が与えられることとなり、晴れて二式艦偵から固有名を得られたわけである。

もっとも、二式艦偵時代からすでに裏では電光と呼ばれていたわけだが。

ところでこの固有名詞の導入には、一応のルールがあった。

艦上戦闘機には基本、風などの気候名、艦爆は星、艦攻は山、局地戦闘機は電がつく自然現象という具合だが、そうなると電光は局地戦闘機にふさわしい名称という事になる。

偵察機、水上機には雲の名前という事が決まっていたのだから、普通ならこの機体も雲由来の名前になるはずだった。

だが海軍はあえてこの機体の名を電光にした。情報撹乱《かくらん》である。

電光は、言ってみれば令和のステルス偵察機に近い秘密兵器だ。名前でそれを推測させないため、わざと関係ない機種の命名方法を、この機に被せたのである。

とにかく今でも、蝙蝠部隊には絶対生還の義務が負わされている。

万一、不時着になる場合は、確実に機体を破壊する。これが蝙蝠部隊に与えられた責務だ。


快速偵察機は、すぐに編隊の追いつき、その頭上で歩調を合わせた。

機動部隊は、アメリカの空母が確実に戦場に姿を現すと踏んで、攻略本隊より一〇〇キロほど前方を進んでいた。

これを発進した攻撃隊は、ミッドウェー島までおよそ二時間の飛行で到着見込み。

天気は雲量一と、ほぼ快晴に近い。万一敵と遭遇しても見逃すことはあるまい。

蝙蝠部隊の先頭を進む若狭大尉も、外の様子を見るために小さな横窓ではなく、座席に立ち上がって、機銃手の背中と操縦士の背中のわずかな空間からキャノピーに顔を出し空を見上げた。

青い空がどこまでも続いていた。

敵の姿はどこにも無し、若狭は大きく頷いてから、席に再度腰を下ろした。

どうにも、この新型機の偵察員席は窮屈だ。

もともとは爆弾倉として設計されていた所に、カメラ数台と人間の収まる席が作りつけられたから、手狭もいいところだ。

閉所恐怖症の人間に、蝙蝠部隊の偵察員は務まらんな。

若狭は内心でそう思いながら、総天然色カメラのチェックを始めた。

これまで蝙蝠部隊が撮影した膨大なフィルムは、ＹＴ予測室の外局にあたる部署で分析の上、数値化され大和に送られてきた。

しかし、前回の開戦から記録したデータの一部、素人でも簡単に数値化できる戦況の流れなどは、第四研究所制作の超長距離無線機の力で、直接大和に送れるようになった。

それが今回は、その大和は機動部隊からわずか一〇〇キロ後方を進んでいる。

データの送信は、通常通信帯の電波でも簡単に届けられる。蝙蝠部隊としては、甚《はなは》だ仕事がやりやすいと言えた。

ミッドウエーまで一〇〇キロ付近に到達した時だった。若狭の前に置かれた機器のうちの一つが、ピーピーと音を発し始めた。

若狭はその機器のダイヤルを摘まみ回し、音の強弱を確かめた上でダイヤルを固定した。

「間違いないな、これはミッドウェー島の電探波だ」

若狭は無線機のスイッチを入れ、攻撃隊長の淵田中佐を呼び出した。

「淵田総隊長、ミッドウェー島の電探に捕まりました。敵さん上がってきます」

若狭がいじっていたのは逆レーダーであった。

つまり、敵の発したレーダー波をキャッチし、その方角を探る機械だ。説明するまでもなく第四研究所謹製である。

「了解した。ほな戦闘機隊を少し先行させよう。聞いていたな大河内、速度上げてくれや」

「こちら大河内、烈風隊先行する。続け」

戦闘機の編隊が、いっせいに速度を上げた。

攻撃機隊を引き離し、飛行時間一〇分分以上を稼いで先行した地点で戦闘機隊は、ミッドウェー島を視認した。

同時に、そのまったく凹凸の無い珊瑚礁の島から次々に離陸する敵機の姿も捉えた。

「およそ二〇ってところか、ちょいとひとひねりしてくれよう。戦闘機隊かかれ！」

大河内の突撃の合図で、烈風隊はまず三機編隊ごとの単位で、離陸した後、まだ空中集合を終えていない敵機の群れに突っ込んだ。

ほぼ全機がグラマンワイルドキャットであった。

烈風の前では、ワイルドキャットはただの鈍重な的でしかなかった。

速度でも機体の頑丈さでも、明らかに烈風の方が上で、狙われたワイルドキャットは全速でダイブしてもその追撃をかわすことが出来なかった。

あちらでもこちらでも、米軍機が火を噴き落ちていく。

「敵機は新型！　まったく歯が立たない」

米戦闘機隊の悲痛な通信が、地上の通信施設に届く。

地上では味方への誤射を恐れ、対空砲火が火ぶたを切れずにいたが、あっという間に半減した味方の様子に対空砲指揮官は、我慢しきれず発砲命令を下した。

敵味方入り乱れた空戦の最中に、対空砲火がさく裂する。

「血迷ったか」

まだ烈風の操縦に慣熟しておらず、敵機を撃墜出来ずに苛ついていた加賀戦闘機隊の板垣《いたがき》一飛曹は、周囲で花を拓くように広がる砲弾の炸裂煙を見て目を丸くした。

その板垣の視界に偶然入り込んだ敵機を見て、彼は反射的に、機首の一三ミリの発射レバーを引いた。

フランスのオチキス製機銃をベースに開発された一三ミリ機銃は、正確には米軍の使うブローニングM２機銃と同じ口径の一二・七ミリ弾を使う。

弾道挺進性はブローニングのほうが高いが、それでもこのオチキスは発射速度が速く、かつ初速も高いので、零戦の機首に積んだ七・七ミリ機銃より格段に弾が伸びる。

米軍機は自分の機のすぐ近くを飛んだ曳光弾に驚き、慌てて機首を捻って急旋回した。

その直後だった。

旋回した米軍機に島の対空砲弾。Ｍ１高射砲の七五ミリ砲弾が直撃した。

米軍機は無論、ばらばらに吹き飛んだ。

「同士討ちとは哀れな」

板垣は首をぶるっと振るい、別の敵機を探しに高度を上げる。

地上からの銃撃が一瞬その後を追うが、味方を誤射した高射砲は、さすがに事態を重く受け止めたのか沈黙した。

空戦開始から一〇分経過、ミッドウェー空域に攻撃隊が到達した。

この時点で残っていた敵戦闘機はおよそ半数。

しかし、その戦闘機たちは日本の攻撃隊を襲う余裕は皆無だった。

生き残った全機が烈風の攻撃をかわすのに文字通り必死で、とても自ら攻撃に向かうのは不可能な状況であった。

この状況を確認した剱山機上の淵田中佐は、ただちに命令を下した。

「艦爆隊突入、対空砲陣地とトーチカを潰すんや」

精密爆撃が身上の急降下爆撃機。

あっという間に、小さな島の上空に到達した艦爆隊は、各々目標を定めると一気に急降下を開始した。

彗星は矢のように目標に迫り、照準ど真ん中に目標を捉えると、ダイブブレーキを開き、急減速しつつ爆弾を投下する。

爆弾倉からスイング式の爆弾架によってプロペラの直径外まで運ばれた爆弾は、ぐんと速度を増して地上の目標に突き刺さっていった。

初弾となった飛龍の山瀬《やませ》一飛曹機の爆弾は、島の海岸に造られたペトン製のトーチカに見事命中した。

厚さ五〇センチを超える頑強なペトンコンクリートの屋根は、巡洋艦の主砲弾である二〇センチ級砲弾の直撃にも耐える計算で作られていた。しかしこの分厚いコンクリートも、五〇〇キロ爆弾の直撃には耐えられなかった。

天上を貫かれたトーチカは、内部の砲弾が誘爆し、中にあった二〇三ミリカノン砲が爆発の圧力でぐぐっと砲身を捻じ曲げ、息絶えた。

島の各地で相次いで爆発が起こる。

この時の急降下爆撃では、目標への命中率実に一〇〇％のスコアを叩き出した。

動いている軍艦にでも命中させられる腕を持った猛者揃いの第一機動部隊艦爆隊である、身動きできない固定目標への投弾を外せというほうが、難しい話であった。

艦爆隊によって沿岸砲と高射砲の大半が沈黙すると、緩く旋回していた艦攻隊を率いていた淵田が命じた。

「艦攻隊、滑走路破壊に突入」

小型爆弾多数を携えた剱山は、編隊を組んだまま敵滑走路上空に侵入。そのまま投弾を開始した。

無数の小型爆弾の爆発が、滑走路を縦横に覆う。

その爆発で滑走路はどんどん掘り起こされていき、あっという間に使用不能になった。

こうなると、たとえ烈風隊の攻撃から生き残れても、敵戦闘機は着陸すべき場所がない。

「どうやら一回戦は、こちらの一方的な勝ちのようだな」

地上の様子を観察しながら淵田が呟く。

二次攻撃の必要性は低い。彼はそう判断した。

攻撃隊は空母に帰還を開始したが、ミッドウェー上空には蝙蝠部隊の電光が居残る。

二機は先に戻ったが、若狭機だけは敵の復旧作業などを記録しようとカメラを回し続けていた。

攻撃隊が去ってから一時間、そろそろ引き揚げようとした時であった。

彼の目の前に置かれたレーダー探知機が、妙な反応を示していた。

「これは……」

若狭がゆっくりダイヤルを回す。これに合わせてキャノピーの上に取り付けられたアンテナが回転するのだが、それがある方向を向いた時に、スコープの波形がきれいに二つに分かれた。

「基地のものと別のレーダー反応があったのか！」

その方角は、先ほど攻撃隊が引き返したのとは、まったく別の方向であった。

「まだだ、まだ立ち止まれない。ここで気を緩めちゃダメってことだ、走り続けるぞ」

若狭は無線機のスイッチを入れ、赤城の通信室を呼び出した。

「蝙蝠一番、ミッドウェー上空にて、敵機動部隊からと思しき電探波を捉えた。方位は〇四四。ミッドウェーの東南東だ。これより偵察に向かう」

空母の上では動きが慌ただしくなった。

帰還する攻撃隊の収容と並行して、敵機動部隊への攻撃隊を準備しなければならない。

最初からこの状況を予見していたから、予備機は豊富にある。

赤城と加賀、そして飛龍では、大急ぎで攻撃隊の編成が始まった。

そしてこの報告はリアルタイムで、一〇〇キロ後方の戦艦大和にも伝わっていた。

艦橋に陣取っていた山本司令長官は、ゆっくり頷きながら言った。

「さあ、これからが本番だ、気を引き締めていこう」

驕《おご》ってはならない。焦っても駄目だ。

勝負は、落ち着いていたほうに凱歌を上げる。

南雲率いる機動部隊と山本五十六率いるミッドウェー攻略本隊は、敵との第二回戦に向け、突進を開始した。

第４章　ギガントハンター

1

インド独立軍の兵士を満載したゴムボートの群れが、海岸を目指し進んでいた。

このボートは船外機を備えた一二人乗りの大きさで、スイッチ一つでポンプが瞬時に船体を膨らませ、本来は潜水艦乗員の脱出用に作られた令和技術応用の代物だった。

隊員を乗せたボートは武器弾薬を載せたボートを曳航し、時速一五ノットほどで海岸を目指す。

彼らが目指しているのは、砂浜の続くカサファルビーチと呼ばれている地点だ。

令和の世界ではリゾートとして利用されているが、この昭和の世界ではまだ寒村が近くにあるだけだ。これはすぐ近傍に河川の河口が複数あり、そのあたりにワニが多数生息しているため、人が寄り付かないのだ。

農村部で、住民の多くは搾取されている貧農。税金以外にも多額の借金がある者がほとんどで、英軍や政府に対しては非協力的な地域である。それもあってか、警察以外はこの近隣には駐在していない。

しかし海岸は着上陸に適しており、英軍がここに監視廠を設けなかったのは大きな過失だった。

ボース率いるインド独立党のシンパは、カルカッタに多く潜伏している。この上陸作戦にあわせおよそ三〇名ほどの協力者が、この海岸に近いドゥガラガビーという地区に、数日前から身を隠していたが、その協力者たちも、正確な上陸日を知らされていなかった。

しかし、毎日交代で見張りが海岸に出ていたので、沖合にゴムボートの群れが見えると、すぐに報せが村に走り、小舟で川を横切って、わらわらと海岸に走り集まってきた。

シン大尉たちは、見事に着上陸に成功。

インド独立軍は日本軍の援護によって、無血上陸を果たしたのである。

この世界において、この六月二六日が独立のための第一歩をしるした記念日として、歴史に刻まれた瞬間であった。

ミッドウェーの攻撃と呼応した作戦であるが、ミッドウェーが日付変更線の向こうであるため、あちらの作戦実施日は前日の六月二五日というのが、少しややこしい話である。

ゴムボートから降りて兵士たちがすぐに警戒を始めると、そこにインド独立党のメンバーたちが駆け寄ってきた。

「インド独立バンザイ！」

独立党の協力者たちは、日本製の装備に身を固めた兵士たちに駆け寄ると、片端から抱き付き、小躍りしながら口々にバンザイを叫んだ。

積年の植民地政策への恨みが、一気に爆発したそんな瞬間だった。

「指揮官はどなたです？」

白い髭に眼鏡をかけた初老の男が、シン大尉を探しながら言った。

「私が隊長のモハン・シンです」

眼鏡の男が、シンの手を固く握りしめて言った。

「ボース先生の弟子のザイ・マハルです。医師をしています。ようこそ祖国の地へ。すぐに攻撃目標へ案内します」

「感謝します、あなた方がこのまま案内を？」

「はい、準備が出来たらすぐに」

そこでシンは、海岸のボートに視線を向けた。

「では、あなた方も、あそこの武器を取って武装してください。残りの武器は、一時的に秘匿したい。適当な場所はあるか」

「無論です、今、報せが近在の村を回っているはずです。独立党に協力してくれる人間が、ぞろぞろと集まってくるはずです。彼らも武装してもらいましょう」

独立軍の兵士たちは、英軍機の哨戒を警戒し、大急ぎで武器とボートを海岸の木立の中に移動させた。

その作業が終わる前に、沖合の潜水艦はすべて海中に姿を消した。

無血上陸に成功したので、彼らは一発の砲弾も放つことなく、シンガポールへの帰路についた。

ここから先は、インド人たちの戦いである。

だが日本政府は、出来うる限りの協力支援をすると誓っていた。

その証拠として、タイ駐留の日本軍司令部に直通となる無線機を、複数貸与されていた。

だがまずは、自力で最初の勝利を得なければならない。

「協力者が、トラックに乗ってやってくるぞ」

立哨していた兵士が報告を寄越した。

鎌や鉈、鋤やスコップといった原始的な武器を手にした男を満載した旧式のフォードのトラックが、農道を進んでくるのが見えた。

「ありゃ目立つ、どこかで警察に通報されているかもしれんな」

シンが嬉しさ半分、憂い半分といった表情で言った。

上陸から一時間半後、独立軍は総勢四〇〇名近くまで膨れ上がっていった。

「カルカッタに向けて進軍していけば、あっという間に、一個大隊にはなりますよ」

マハルがどんと胸を叩きながら言った。

「本当か？」

シンが驚いた顔で訊いた。

「はい、檄を飛ばしましたので、それは間違いないです」

だがこれを聞いてシンの表情が険しくなった。

「いかん、もう英軍は我々の動きを察知しているかもしれん」

シンは正規の士官教育を受けているだけに、防諜への知識も高かった。

彼は民間人をまったく信用していなかった。

シンパが独立軍の進軍のニュースを広めれば、それはリアルタイムで英軍部隊にも伝わる。

「予定を早めて進軍を開始するぞ」

すぐに伝令が走り回り、隊員たちは武器を手に隊列を組んだ。

「目標はニューディハの陸軍駐屯地、ただちに前進！」

シン大尉の号令一下、三〇〇名の独立軍兵士は行軍を開始した。その後ろに、とりあえず武器と弾薬を渡された一〇〇人ほどの農民がわらわらと続いた。無論、隊列など組みはしない。

上陸地点から攻撃目標までは、およそ半日の距離だ。

「時間との戦いかもしれんな」

部下を鼓舞しながら、シンは内心に湧き上がる焦りと戦いつつ呟いた。

祖国インドの大地は、とてつもなく広大に見えた。

インド独立軍が行軍を開始したちょうどそのころ、ミッドウェー島の東南東の海上では、スプルーアンス率いる空母部隊が、日本機の襲撃を受けていた。

「完全に先手を打たれた。だが、敵の攻撃はこちらに集中している。あるいは好機かもしれん」

戦闘機の網をかいくぐり、さらに対空砲火を突っ切った急降下爆撃機が、空母サラトガに集中してくる。

すぐ近傍に小型の空母ワスプもいるが、今のところこちらに敵機は群がっていない。

日本軍の存在に気づいたのは二時間前である。

ミッドウェー島の空襲の報で、機動部隊は初めて敵空母の存在を確認した。

スプルーアンスは敵の推定位置に向け、偵察機を放つと同時に、攻撃隊の準備を始めた。

すると、ミッドウェー空襲が終わって三〇分も経たぬうちに、艦隊上空に一機の敵機が現れた。

蝙蝠部隊の電光である。

若狭大尉は敵のレーダー波を辿り、見事にその位置を突き止めたわけである。

若狭は敵の陣容を一通り観察すると、艦隊にその内容を打電、そのまま全速で敵の戦闘機を振り切って帰還した。

すでにフィルムは使い切っており、蝙蝠部隊としての役目は果たせないからだ。

入れ替わりに、機動部隊からは攻撃隊が発進し、若狭の報告してきた海域に急行した。

日本艦隊から敵艦隊までは、一時間四〇分の飛行距離が隔たっていた。

日本機があと二〇分ほどで敵を視界にとらえると言った時点で、米軍の放った偵察機が日本艦隊を発見した。

アメリカの空母からすぐに攻撃隊の発進が始まったが、その全機が飛び立つ前に、日本の攻撃隊が到達してしまった。

予定数の半数しかまだ発進していない。

慌てて残りの機体を艦内に戻し、回避運動を始めたわけだが、その初撃はサラトガに集中した。

これを見て、一度は甲板の攻撃機を収容しようとしていたワスプが、一気に残りの攻撃機を発進させ始めたのだった。

日本の攻撃隊は、このワスプの動きに気づいたが、すでにほとんどの攻撃機がサラトガに集中しており、この攻撃機発進を妨害することは出来なかった。

だが一機の烈風戦闘機が、ワスプに向かって突撃し、飛行甲板に残っていた攻撃機を銃撃した。

この奇襲は功を奏し、二機のドーントレスが炎上を始めた。

それでもワスプの甲板員たちは、果敢にこの燃える機体に消火剤を吹きかけながら、人力で甲板からこの機体をデッコー処分した。

これで甲板が開いた事から、残った攻撃機搭乗員は合図も待たずに発進作業を再開し、結果的に三機がさらに発艦を果たした。

最後の一機が離陸しようと準備に入った時、遅れてきた艦攻隊の雷撃が始まり、ワスプは回頭するしかない状況となって、航空機の発進は出来なくなった。

爆弾を抱えたままのドーントレスを甲板に残したままには出来ず、急ぎこの機体の収容が図られたが、そのドーントレスがエレベーターで降下を始めた瞬間、右舷後部に一発の魚雷が命中し艦を揺すった。

この爆発で電気系統が一時的にダウンした。エレベーターは途中で停止ししてしまう。

あまり好ましくない状況だ。

すると、ここにやや遅れていた飛竜艦爆隊の三機の彗星が襲い掛かった。

目標にされたのは、降り切っていないエレベーターである。

立て続けに二発がそのエレベーター付近に命中し、大爆発が起きた。

この爆撃と呼応するかのように、少し離れたサラトガでも大きな爆発が起きた。

艦首付近に、三発目となる五〇〇キロ爆弾が命中したのだ。炸薬量が二倍だが、その爆発威力は二五〇キロ爆弾の数倍に達する。

五〇〇キロ爆弾は、確実に二隻の航空母艦の空母機能を奪った。

これで日本の勝利は確定した。

確定はした。

だが、まだ戦いは終わってはいない。

米軍は最終的に、四四機の攻撃機と一二機の戦闘機を、日本の機動部隊に差し向けていた。

その攻撃隊が到着するまで、あと四〇分。

日本の機動部隊は、万全の態勢でこれを迎え撃つべく準備に入った。上空には護衛の零戦二一機が舞う。いずれも飛龍の飛行隊所属機だ。

空母の外周には、マルキンを装着した高角砲を持つ水雷戦隊が輪形陣を組む。

その輪を潜り抜けても、さらに高速戦艦四隻が空母の四隅を固め、そして空母自身の高角砲も、マルキン信管を使用する高角砲を有している。

守りは鉄壁と言えた。

だが、戦いの結果は、実際に刃を交えて見なければ判らない。

そのことをよく承知している男が、渋い顔で海面を見つめていた。

「出来れば、悪い報せが届かない事を祈る」

戦艦大和の艦橋で山本五十六は、そう呟いて宇垣参謀長を振り返った。

「状況に変化は?」

宇垣が通信士官委確認する。

「敵編隊輪形陣外周に到達、戦闘機隊は退避。敵機はここまで二機撃墜を確認。敵戦闘機は、飛龍戦闘機隊と交戦中」

この報告に山本の表情がさらに険しくなる。

実際に攻撃機がこの一〇〇キロ後方に現れたりしないが、山本の目は空に見えない敵を探すかのように鋭かった。

その二分後だった。艦橋の電話が鳴り、通信士官がこれを受ける。

「なんだって……」

明らかに彼の表情が変わった。

これを見逃さず宇垣が聞いた。

「何があった?」

通信士官がゆっくり首を振りながら答えた。

「空母赤城に魚雷命中、被害は不明ですが、航行に支障なしとのことです」

大和の艦橋に一瞬静寂が訪れた。

いきなり訪れる沈黙を、西洋では天使が通り過ぎたと表現するが、ここでは逆にまるで死神が通り過ぎたかのような様相である。ほとんどの者の表情が青白く変じていたのだ。

「南雲に直接状況を報告させろ、無線を艦橋のスピーカーに繋げ」

山本の命令ですぐに作業が進み、まもなくザーッというノイズの後に、南雲司令官の声が響いてきた。

「状況を報告、敵の肉薄攻撃で赤城に魚雷二本が命中、速度低下を始めた。僚艦の加賀に爆弾一発命中、艦橋付近を中破。操艦スタッフに損害が出ているが艦長は無事だ」

わずかの間に被害が増えている。

たちまち大和の艦橋が騒がしくなる。

「無事なのは飛龍だけか？　敵艦隊への第二撃は可能なのか？」

宇垣が交信すると、南雲が答えた。

「山口《やまぐち》少将は、単独で第二次攻撃隊を発進させると具申してきた。まだ返答はしていないが、危険ではないかと判断している。どうも何かを見落としているような気がするのだ」

敵空母の機能はすでに奪っている。だが両艦とも沈没はしていない。

ここはごり押しするべきではないか、宇垣はそう判断し、山本に言った。

「攻撃を許可させましょう」

山本が少し考えてから言った。

「なぜだろう、私にも嫌な予感があるのだ。この攻撃隊発進は少し待たせて……」

この時、艦内電話が鳴り、手の空いていた航海士官が慌ててこれを取った。

「はい……え？　ちょっと待て」

受話器を握った士官が怒鳴った。

「司令長官ＹＴ予測室より緊急です！」

山本が「むっ」と唸り受話器を受け取った。

「山本だ。どうした？」

受話器の向こうで鷹岳省吾が叫んだ。

「空母はもう一隻います！　近傍にエンタープライズが遊弋していると、予測結果が出ました。確率は九九％です！」

山本の目が大きく見開かれた。

まさか、エンタープライズがまたしても短時間で戦線復帰しているとは予想もしていなかった。

だが機械予測は冷静に分析を繰り返し、その可能性を最優先の危険兆候として弾き出したのだ。

この推測を導き出した根拠は、蝙蝠部隊が捉えた敵機動部隊の陣容にあった。

ＹＴ予測機が把握している米戦闘艦艇の残存リスト、これと照合すると明らかに数が少なすぎた。

これは、もう一群の機動部隊が存在している可能性を強く示唆していた。

「山口の発進を待たせろ！　攻撃隊は準備待機状態で、最大限の哨戒機を、炎上中の敵空母周辺海域に派遣しろ」

山本の指示がダイレクトに南雲に伝えられ、南雲の「了解しました」の声が大和のスピーカーに響いた。

ここから日米の探り合いが、時間勝負となって始まった。

ＹＴの予測の通り、ロング大佐が指揮するエンタープライズは駆逐艦四隻を率いて、スプルーアンス艦隊とは別行動をしていた。

珊瑚海での被害は大きかった。

しかし、この修理をオーストラリアの職工たちは実に短時間で成し遂げた。

修理が完了したのは六月一九日のことで、エンタープライズは護衛の駆逐艦と共に最大速度でこの海域に向かい、この日がスプルーアンスの艦隊との合流予定日になっていた。

しかし両部隊の邂逅前に戦闘が始まってしまった。

この結果エンタープライズは、スプルーアンス艦隊からおよそ八〇キロ離れた地点に取り残される格好になった。

この合流部隊には、本来ならシドニーで雷撃を受けた重巡シカゴも加わる予定だったが、残念ながら修理は終わったものの、戦闘に参加できなかった。

サラトガとワスプが敵に急襲された状況は、エンタープライズでもモニターしていた。

ロングは、じっと考えた末に、攻撃隊を敵の帰投時間を計算した上で、時間差で発進させることにした。甲板の収容作業でごった返すであろうタイミングで攻撃を仕掛ければ、寡兵でも戦果が上がると踏んだのだ。

そこで日本機の攻撃の真っ最中に、エンタープライズは敵との距離を詰めていけるタイミングで攻撃隊を発進させた。

ＹＴ予測機はさすがにこの戦術までは予見できなかったが、まだ敵の第二波になるこのエンタープライズ攻撃隊が到達する前に、敵の存在に気づくことが出来た。

日本軍からすると、ただちに攻撃隊を発進させたいところであったが、いかんせん敵の位置が判らない。無闇に飛んでも敵に行き当たれるはずもなく、そこで索敵機の報告を待つことにしたのだが、このままでは発進前に米の攻撃機が到達するのは確実かと思われた。

だが、ここでまたしてもYT予測機からの提言が入った。

今度は藤代中佐が山本に言った。

「慎重にいくのは間違いです。攻撃隊、即時発進させてください」

山本は渋い顔で訊き返す。

「だが五里霧中になれば、攻撃そのものが失敗の可能性もあるのだぞ」

藤代が食い下がった。

「蝙蝠です、蝙蝠の電探探知を利用するんです。そうすれば、索敵結果を待つ必要はありません」

妙案だった。

ただちにこの指示が、空母飛龍の山口司令のもとに届けられた。

「すぐに蝙蝠部隊を発進させせろ」

山口多聞の怒声が響き、ただちに整備を終えていた電光が発進した。

偵察員は北野《きたの》中尉、操縦沢口《さわぐち》少尉、機銃手村井《むらい》一飛曹というペアだった。

「まず叩いた敵艦隊を指向し、電探を逆探する。攻撃隊との距離は一〇分以内を保て」

北野の指示で、沢口は機を操る。

まもなく爆装と雷装を終えた彗星と剱山が、飛竜から発進を始める。

それぞれ一二機ずつと、満足いく数の攻撃隊ではない。しかも攻撃隊は、戦闘機の護衛無しの裸で進撃を命じられた。

艦隊防衛の零戦を引き剝がすのは得策でないと山口が判断し、攻撃機のみの突撃を命じたのである。無謀と紙一重の選択だったが、突撃する攻撃隊はいずれも新鋭機だ。

そう簡単に敵機に食われるはずがないという自

信が、山口の脳裏にはあった。

速度だけではない。すべての生存性が上がっている。それが彗星と劔山なのだ。

万が一にも攻撃が失敗にならぬよう、蝙蝠部隊の北野は、じっとスコープを覗き続ける。

微かにサラトガと思われる電波を探知してから、彼の目はスコープ上の変化を絶対に見逃すまいと、目を皿のようにして体をのめらせる。

やがて、スコープにかすかな変化が現れた。

「来た、別の位置からの水平線レーダー波だ」

北野はアンテナを操作し、正確な電波の方向を探る。

「波長ドンピシャだ、攻撃隊我に続け！」

北野機の突撃命令に従い、攻撃隊は進路を変えた。

この攻撃隊の進路を変えたタイミングに、南雲艦隊のレーダー波がアメリカの攻撃隊を捉えた。


「本当に来た、敵の第二波だ！」

艦隊に警報が鳴り響く。

加賀と飛龍は運動に何の問題もなかったが、赤城は魚雷の被害によって、かなりの海水を腹に飲んでいた。

喫水が下がると、舵の利きが遅くなる。

回避運動が一拍遅れる赤城が、間違いなく敵の標的になると考え、敵の攻撃進路上に護衛の第三戦隊を率いてきた栗田《くりた》少将は、駆逐艦四隻を間隔を詰めて配置させた。

マルキンによる弾幕で敵を封じ込めようというのだ。

ついに米軍機が視界に入った。

日本軍が進路上に防御を厚くしていると見ると、二個編隊六機の艦爆が変針し、手薄なほうを目指そうとした。

だが、まさにそこに零戦隊が突っ込んできた。

「やらせん！」

一二機の零戦の波状攻撃で、この六機はばらばらに散開して逃げるしかなくなり、攻撃意図は挫《くじ》かれた。その間に米軍機は、対空砲火陣の中を突っ切って空母赤城に突入する道を選んだ。

駆逐艦の主砲、一二・七センチ両用砲が、マルキン装着の対空弾をつるべ打ちする。

しかし、その発射速度は、お世辞にも速いとは言えない。

それでも、近接作動信管は確実に敵を捉える。

至近弾の爆発に巻き込まれ、多くの攻撃機、特にデバステーター雷撃機が次々と散っていった。

戦闘機と対空砲の奮戦によって、大多数の敵機が突入前に散華した。

だが少数の機体が網をかいくぐり、空母赤城に攻撃を仕掛けた。

「雷撃機は全部片付いたようです。ですが、急降下爆撃機が四機向かってきています」

赤城の長谷川《はせがわ》艦長が双眼鏡を覗きながら、横に立つ南雲中将に言った。

二人は艦橋横の対空監視所に立っていた。

長谷川は敵の動きを見切り、すぐに操舵輪を握る航海長に怒鳴った。

「取り舵いっぱい！」

赤城がググっと航路を曲げる。

それによって、右舷の対空砲座がすべて敵機を射程に捕らえる形になった。

対空砲火が炸裂し、最初に突入しようとしたドーントレスをマルキン弾が吹き飛ばした。

空中爆発の黒煙を突き抜け、二番機がダイブを開始した。

「いかんな」

南雲の目測では、この機が投下する爆弾を回避するのは無理と出た。

低下した速度が恨めしい。

敵機が爆弾を放った瞬間、長谷川が怒鳴った。

「耐衝撃防御、摑まれ！」

爆弾は艦橋の後方付近の飛行甲板に刺さった。

激しい爆発で、空中に舞った甲板の破片が、長谷川と南雲の頭上を越えて海面へと飛んでいく。

巨艦が大きく揺れた。

それでも対空砲座の兵士たちは射撃を止めない。

高角砲弾をうまくかいくぐった三番機は、二五ミリ三連装機銃の銃弾をコックピット付近に受け、落下姿勢からそのまま墜落していった。

「耐えきれ、あと一機だ……」

先ほどの衝撃で膝をついていた南雲が、手すりを摑み立ち上がりながら言った。

だが、四機目の敵の爆弾が、その直後に艦首付近に炸裂した。

位置が離れていたので艦橋に被害は出なかった。

飛行甲板が破られ、格納庫前部にも大きな損害が出てしまったのだ。

爆発の影響は居住区にまで及び、死傷者一〇〇名を超える被害が出た。

米軍の攻撃はここで潰《つい》えたが、日本はまたしても二隻の空母がドック入りを余儀なくされてしまった。特に赤城の損害は深刻で、次に赤城が戦場に姿を現すまで、半年以上の時間が掛かることになるのであった。

だがこの修理期間は、赤城に思わぬ能力を付加することになる。

それは、またのちの話であるからここでは語らないでおこう。

　とにかく南雲機動部隊の惨状は、リアルタイムで後方の大和に伝わる。

「ここは正念場だ。飛龍攻撃隊が敵を押さえ込まねば、上陸作戦に支障が出る」

　宇垣がぎゅっと拳を握りしめて漏らした。

　飛龍攻撃隊突入の報告が来たのは、それから一二分後の事だった。

　日本機の飛来を探知していたエンタープライズは、発進可能な全戦闘機、合計二一機を上げてこの迎撃に差し向けた。

　乱戦になってしまったが、ワイルドキャットより優速な彗星は、全力で逃げを撃ちつつエンタープライズに殺到、攻撃を加え始めた。

　巧みな操艦で一機二機と攻撃をかわしてみせたが、やはり珊瑚海の時同様に、三機目は回避できなかった。

　そして今度は不発にはならなかった。

　艦尾に大きな火柱が上がり、飛行甲板が大きくめくれ上がった。

　これを見て二機の彗星が畳み込もうと、降下を開始した。

　だがここにワイルドキャット三機が追撃し、同時に急降下しながら攻撃を仕掛けてきた。

　急降下態勢では、攻撃の回避は不能だ。

　二機はたちまち火だるまになり、海面へと突っ込んでいった。

　だがこの攻撃を加えた敵機も、ただでは済まなかった。最大速度で急降下しながらの攻撃だったため、ぎりぎりで引き起こしが遅れてしまった。

　先頭の一機は、プロペラが海面を叩きながらも何とか生き残ったが、残る二機はそのまま海面に激突してしまったのだ。

目の前で悲惨な最期を迎えた味方戦闘機の姿に、米兵たちは言葉を失ったが、彼らのおかげで五〇〇キロ爆弾の直撃を免れたのだ。その英雄的行動に、多くの者が敬意を払い、敬礼を送った。

残った日本の彗星隊は、敵戦闘機の包囲を破るのは難しいと判断した。

ここで艦爆隊長は無線に叫んだ。

「艦爆隊、爆弾を投棄。対戦闘機戦闘に入れ」

なんと艦爆隊は爆撃を中止し、戦闘機代わりに敵機と戦い、剱山部隊の突入を援護しようというのだ。

速度が速く堅牢な彗星は、なるほど巴戦もこなせる機体だ。機首にも機銃を装備している。

だがパイロットは、最初から艦爆乗りとして教育を受けてきたものがほとんどで、本物の空中戦の経験は皆無だった。

「予科練を思い出せってか！」

爆弾を捨て身軽になった機体をグイッと上昇させながら、パイロットの宮地《みやじ》一飛曹が叫ぶ。

「宅間《たくま》、ええか、機会があったら旋回機銃がんがんぶっこめ、俺は敵機の尻を追いかける。こう見えても、模擬空戦では成績は中くらいやったからな」

「何ですか、その半端な話」

機銃手の宅間二飛曹が、敵機を探しながら宮地に言った。

「つまり、ぎりぎりで戦闘機選考から落ちたが、腕前は十分に足りていたはずだってことだよ」

宮地はワイルドキャットが剱山の編隊に襲い掛かろうとしているを発見し、フットバーを蹴った。

「さあ、戦闘機彗星のデビューだぜ」

速度を上げた宮地機は、あっという間に敵機に迫る。

いきなり視界に飛び込んできた急降下爆撃機に米軍のパイロットは面喰ったが、相手が爆撃機では手も足も出るまいと無視して、雷撃機に攻撃を加えようとした。

すると、そこに二本の火箭が伸びてきた。

「！」

まさか相手が空中戦を挑んでくるとは思いも寄らなかった米軍パイロットは、大慌てで上昇し攻撃をかわした。

そしてそのまま小回りを利して、宮地機の背後を取った。

「しまった！」

宮地が顔色を青くして叫んだが、背後から宅間の叫び声が上がった。

「馬鹿め！　爆撃機の尻取って勝てると思うなよ！」

宅間は旋回機銃の照準のど真ん中に敵機のコックピットを収め、一気にトリガーを引いた。

米軍パイロットの一瞬の判断ミス、いや誤認がこの空中戦の勝敗を決した。

自分が攻撃された時点で、頭が対戦闘機戦闘のそれに切り替わってしまい、セオリー通りに敵機の背後を取ってしまったのだ。

だが相手は艦爆。後部にはこちらを向いた機銃が備わっていたのである。

ワイルドキャットは操縦士を失い、海面にきりもみ落下していった。

「やった、撃墜だ」

宅間が両手を叩いて歓声を上げる。

「くそ、ありゃあ、おまえの手柄だ。撃墜一機、稼ぎ損ねたぜ」

太平洋戦争開始以来、純粋な空中戦、それも巴戦で艦爆が戦闘機を撃墜した、これが初めての例となった。

密集隊形の艦爆や艦攻に襲い掛かった戦闘機が返り討ちにあうというケースはままある。しかし、堂々の空中戦で勝利したのはレアケースと言えた。

令和の過去世界でも、九九式艦爆で空中戦を演じ、戦果を挙げた例はあるのだが。

さすがに撃墜された米軍機はこの一機に止まったが、襲ってくる彗星は難敵だったと見えて、米戦闘機隊は本気の防戦を余儀なくされ、剱山部隊への攻撃は疎《おろそ》かになった。

しかし剱山も、そう簡単にはエンタープライズに接近できない。

何とか駆逐艦の弾幕を潜り抜け、やっと二機が攻撃進路に入れた。

エンタープライズのロング艦長はこの攻撃を前に、いっさいの弱音を吐かずに指示を出し続ける。

「両舷全速、三秒後に面舵五〇」

決して諦めないその姿勢は、エンタープライズの将兵たちを勇気づけ、その艦長への信頼感は激しい闘志へと転化する。

熾烈な弾幕に、ついに剱山の一機が力尽き、海面に機首を突っ込んだ。

しかし最後の一機は、ぎりぎりまで魚雷を離さず、距離一〇〇でこれを投下し、海面ぎりぎりの高度からぐっと機首を上げた。

あまりに敵に接近しすぎており、剱山は舷側に激突ぎりぎりでエンタープライズを飛び越える。飛行甲板から手を伸ばせば、その胴体に触れられるほどの、ぎりぎりの航過であった。

この至近距離からの雷撃は止められない。

九八式航空魚雷改二は、エンタープライズの横腹に突き刺さり、激しく水柱を上げた。

エンタープライズにとって不幸だったのは、この命中箇所が先の海戦で受けた魚雷の命中箇所と、完全に一致していた事だ。

修理をしたとは言え、そこは継ぎはぎをしただけの箇所。

爆発は先の蝕雷で受けた損傷の蓄積ダメージと合わさり、船殻を大きく引き裂いた。

海水が一気に艦内になだれ込み、防水隔壁の閉鎖が間に合わないうちに、浸水は機関室に達した。

機関が動きを止めるまで、長い時間はかからなかった。

「敵艦大傾斜、動きが停まりました！」

まだ空中戦を演じていた彗星の一機、大村《おおむら》少尉機の機銃手佐竹《さたけ》二飛曹が叫ぶ。この様子は、蝙蝠部隊の北野機からも確認出来た。

「微妙だ。放っておけば沈むかもしれんが、ぎりぎりで助かるかもしれない。くそ、もう攻撃機は残っていない」

すべての矢は撃ち尽くされていた。

結局攻撃隊は、エンタープライズがどうなったか確認できないまま帰還するしかなかった。

2

インド独立軍部隊は、日没後に英印軍の駐屯地付近まで到達することが出来た。

幸いなことに、ここまで彼らは敵兵力となる英軍や地方警察組織とは接触しなかった。

独立党のメンバーが巧みにルートを選定してく

れたおかげである。

だが、彼らの存在は、すでに英印軍に露呈しているようだった。

「警戒が厳重だ。完全に防御を固めている」

駐屯地の様子を偵察したバシェリという曹長が、シン大尉に報告した。

「投光器で定期的に外周を照らしているな。接近は無理だろう」

駐屯地には、インド兵士およそ一個大隊が詰めているはずだ。まともにやり合うのは分が悪い。

本来なら奇襲攻撃を仕掛けたかったが、それもかなわなくなった。

「攻撃は最後の手段であり、我々の目的は別にある。兵を配置して作戦を開始する」

シンはそう言うと、部隊から一〇〇名を選抜し、駐屯地の見える木立の外縁まで進んだ。

その先は意図的な空白地帯であり、駐屯地のフェンスに接近しようとすると、幅五〇メートルの空き地で、完全に身を晒さなければならない。

兵士たちが小銃を構え一列に伏せ待機すると、シンは、側近のチャラン下士官が携えてきた拡声器のスピーカーを駐屯地に向けた。

「親愛なる同胞諸君、聞こえるか。私はインド独立軍指揮官のモハン・シン大尉である、現在、我が軍は諸君らの駐屯地を包囲している。合図一つで攻撃が始まる。しかし、我々は諸君らと戦闘するのは本意ではない」

シンは何と、いきなり演説を始めたのだった。

「我々は誇りあるインド国民が、長年にわたり英国に搾取されてきた歴史に憤っている。よく考えて見たまえ。諸君らの隣にいる英国人は、君より優秀なのか？　単に英国人であるというだけで、なぜ彼らの言う事を聞かねばならない。理不尽だとは思わないか」

いきなり聞こえ始めた演説に、駐屯地内は蜂の巣を突いたような騒ぎになった。

武装した兵士が右往左往し、監視塔の上の投光器が、声の発生源を探り右に左に首を振る。

「決起したまえ。もう英国人にへつらう必要は皆無なのだ。我々と共に英国支配者と戦うのだ。このままでは諸君らも、大義ない戦争に駆り出され、英国人の代理として植民地解放に尽力している日本と戦わねばならない。それは大きな間違いだと思わないか。敵は彼らではない。諸君らの上に胡坐をかいて何もしない白人どもだ。英国人こそ真の敵だ。我々は、同胞と銃火を交えるのを良しとしない。ここで投降してくれるなら、共に戦う仲間として受け入れよう。さあ、決起したまえ」

その時、一発の銃弾が木立に向けて飛んできた。

続いて、明らかなキングズイングリッシュの生声が響いてきた。

「黙りたまえ、裏切り者の走狗め。我が英国の正当なるインド支配へ反旗を翻す逆賊には、死しか選択肢はない。これから貴様らに鉄槌を下す。おとなしく成敗されるがいい」

シンは声の主を探した。

一人の白人士官が、監視塔の上で銃を構え叫んでいた。

「いい目標だ」

シンはふっと笑い、再度マイクを握った。

「同胞諸君、繰り返す。我々の敵は英国人である。今からあのうるさい男を処刑する。それを見た上で、もう一度、我々と戦うのか、それとも祖国の独立に身を投じるのか熟考したまえ」

そこでシンはマイクを置き、周囲の兵士に告げた。

「あの士官を射殺する、いいな」

兵士たちは無言で頷いた。

「装填《ロード》」

シンの合図で、兵士たちは九九式小銃のボルトを動かし薬室に第一弾を送り込んだ。

「狙え《エイム》」

六人の兵士が同時に小銃を構え、監視用の上でまだ何事か吼えている白人士官に照準を向けた。

シンが淡々と命じた。

「撃て《シュート》」

小銃の射撃音が連続して響き、体中に銃弾を受けた英国士官がくるくると身体を踊るように舞わせ、そのまま監視塔から落下していった。

「全弾命中だな。よくやった」

シンはそう言うとマイクを握り叫んだ。

「英国人は粛清した。同胞に傷を負わせる気はない。さあ立ち上がれ、我々と共に戦うのだ」

士官が射殺された直後から、駐屯地の内部が騒がしくなった。

「こっちに攻撃してきますかね」

チャラン軍曹が少し怯えた感じで言ったが、シンは落ち着いた表情で言った。

「まあ、説得の成功確率は半々だな。一応、応戦の準備はしておこう」

そう言うと、さっと手を挙げて大声で叫んだ。

「装填《ロード》！」

木立からいっせいにボルトを動かす音が響き、これは五〇メートル離れた駐屯地まではっきり聞こえた。

それから二分ほど経過した時だった。ずっと閉ざされていた正門が、内側から押し開かれた。

「来るのか……」

ぐっとシンが拳を握ると、開かれた門から両手を頭の後ろで組んだ白人の士官や下士官が、ぞろぞろと出てきた。

その背後で小銃を構えたインド人兵士が、大勢白人たちに進めと怒鳴っている。

「これは」

シンとチャランが顔を見合わせた。

「成功ですかね」

シンは大急ぎで二〇名ほどの兵士を引き連れ、正門のほうに向かった。

白人たちは殴打されたのか、顔を腫らしている者が多数見られた。

立ち止まりこっちを睨む彼らをかき分け、一人のインド人士官が進み出てきた。

「指揮官はあなたですか？」

先頭に立ったシンに、その士官が聞いた。

「そうだ。貴君は？」

「英印軍第二二五歩兵大隊のマレク少尉です。駐屯地は、決起に同意した同志によって制圧しました。この英国人たちは捕虜です。どうします、見せしめに射殺しますか」

これを聞いた英国人の最上位士官と思しき男が、顔を真っ赤にして叫んだ。

「この野蛮人どもめ、たとえ我々を殺しても革命など成就はしない。無駄なことはやめて降伏しろ」

シンがふっと笑いながら、男に近付いた。

「両手を上げながら降伏をしろと言った人間を、初めて見た。実に英国式ジョークは難解だ」

そして腰に手を当てて、顎を引きながら言った。

「紳士諸君、ジュネーブ条約をご存じかな」

英国人士官と下士官たちは、いっせいに顔を見合わせた。

「真の兵士が順守する国際法だ。英国人は知らないのかな、我々はこれを遵守するがね」

この言葉に、英国人たちは明らかに顔を赤くし憤った。

しかしこれほどの侮辱を受けても、銃を突き付けられた彼らには何もできるはずがなかった。

この英印軍駐屯地の反乱呼びかけの成功によって、インド独立軍の兵力は一気に七〇〇名まで膨れ上がった。

この場に止まらず、すぐに転戦を開始したシン達の存在は、英軍司令部にとってまったく思いも寄らなかった伏兵として認識され、ただちに追撃戦が始まったのだが、多くの現地民が彼らに協力をし、英軍はその尻尾をなかなか摑めぬまま、気づけばゲリラ戦によって、多くの補給物資や兵器を焼かれ、カルカッタ周辺は戒厳令を敷く以外にない状況となったのである。

彼らインド独立軍の活動が本格化する頃、ミッドウェーの占領を成し遂げた海軍部隊が、日本へ戻った。

ただし、大和を中心とする戦艦部隊は、そのままトラック島に向かった。

日本に戻ったのは、傷ついた空母部隊と輸送船団の直接護衛を果たした連合艦隊直轄の第二戦隊であった。

ミッドウェー島の攻略自体は、呆気ないほど簡単になされた。

交戦はほんの二時間ほどで、圧倒的な上陸兵力の前に、守備隊はあっさり白旗を上げた。

遮蔽物のない珊瑚礁の島であるため、陣地抵抗にも限界がある。無駄な戦いを避けたという意味で、米軍守備隊長は賢明な判断をしたと言えよう。

上陸した海軍陸戦隊の半分と米軍捕虜は、そのまま海軍の高速輸送船に乗せられ日本へと向かった。この船団は機動部隊に遅れること二日で、横須賀に入港した。

ミッドウェー島では、自分たちが穴だらけにした滑走路を突貫工事で修復し、すぐに飛行隊が着任した。

長距離偵察を受け持つ大艇部隊と、防空戦闘を受け持つ局地戦闘機雷電を擁する第三〇三航空隊が、この島に投入された。

海軍では航空機の呼称変更にあわせ、部隊呼称の一部も改変した。

これは主に航空隊の名前で、航空隊はその装備する機種や担うべき役目によって、三桁の番号を振られ分類されることになったのだ。

南方の要衛ラバウルの航空隊は第七〇一航空隊に統一された。

そのラバウルの七〇一空は、ついに市街戦に突入し、少数の敵だけが抵抗するポートモレスビーに新たな航空基地を得たことで、分遣隊をここに派遣。旧千歳空の一式陸攻は、遥かオーストラリアまで渡洋爆撃を行なうようになった。

この航空基地開設は、この海域のパワーバランスを大きく歪め、米軍も豪軍もオーストラリア東海岸と西海岸の交通に北岸を使用できなくなった。

ところで、ミッドウェーの戦いで損害を受けた米空母はどうなったのだろう。

結論から言うと、航空決戦では一隻の空母も沈められていなかった。

しかし三隻の空母は、すべて母艦機能を喪失し、前線から退避するしかなかった。

このおかげで、ミッドウェーを簡単に占領出来たとも言える。

この戦闘海域を脱出した米空母であったが、実は海戦の翌日に小型空母ワスプが沈んだ。

これは待ち伏せていた潜水艦部隊、通商破壊戦のついでに海戦に召集されていた呂号潜水艦隊のうちの一隻、呂号三〇四潜の放った四本の魚雷によって仕留められたものであった。

何とか海空戦を生き残ったのに、あっけなく潜水艦に沈められたという事実に、アメリカの落胆にはとても大きなものがあった。

ルーズベルト大統領も、警戒を怠った随伴艦に対し、遺憾の意を表明したほど立腹した。

二度の海戦で続けて敵空母に損害を与えているのは評価できるが、負けている事実は消えないし重くのしかかる。

新造の空母が出てくるまで、米軍には今まともな空母は残っていない。

大西洋にある空母レンジャーは、とても艦隊決戦に使用できる代物でなかった。

太平洋の戦いは日本軍優位でまだまだ進む、それは動かしようのない事実である。

だが、ここにきて日本の空母部隊に穴が開いたことで、戦況は一時的にだが、停滞することになった。

そもそも令和の過去のように、がっついて占領地域を拡大していないため、戦線も伸び切ってはおらず補給路の安全も確保されている。

日本軍はそこで機動部隊の再編が出来るまで、占領地域の戦備を整えるという方針を取った。

というか、ＹＴ予測がそう指針を出し、大本営がこれに従ったというまでだが。

この日本軍の停滞は、アメリカにとっておおいに助かる猶予期間となった。

日本海軍が動き出す前に、アメリカは反撃の狼煙となるべき作戦に着手したのであった。

そして、この動きは、日本軍の切り札であるYT予測機の電子頭脳をもってしても看過できない作戦なのであった。

その大規模作戦の端緒を、思わぬ人物が目撃することになった。

モハン・シン大尉である。

インド独立軍は、ゲリラとしてカルカッタ周辺で破壊活動を繰り広げていたが、この日、シン大尉は部下三〇名ほどとカルカッタ郊外にある英軍飛行場の偵察に出かけていた。

この基地は現在東南アジア方面で活動している、特にビルマ方面の英軍への補給中継地として活用されていたが、普段は一日数度の輸送機や連絡機の離発着があるだけの静かな基地だった。

ところがこの日、モハン・シンはとんでもない光景を目にする事になった。

「なんという数の輸送機だ」

飛行場には合計三〇を超えるC47輸送機が翼を並べていた。

そのいずれもが、白い星を胴体に描き込んだアメリカ軍の機体であった。

「どこから来たんだろう」

シンは興味深くこれを観察したが、どうやら輸送機隊は燃料補給に立ち寄っただけの様子であった。

観察を続けていると、正午前に輸送機部隊はいっせいに離陸を開始した。

そして編隊を組み、北を目指して飛んでいった。

「あの先はヒマラヤだぞ。いったいどこを目指しているのだろう」

おおいに興味はあったが、シンはこの報告を日本軍には送らなかった。

大編隊であるとは言え、戦闘に直接関係のない輸送機の部隊だから、日本の戦線に影響はないと判断したのだ。

そもそも飛んでいく先に戦線はないはずで、日本軍との戦闘には関わりない動きなのだと考えたのだ。

しかし、少し推理力が働けば、その向かったであろうヒマラヤを越えた先に、誰が待っているかに気づいたはずだった。

そう、輸送機の部隊は、中国成都の蔣介石の元へと向かっていたのだ。

輸送機の半分には、援蔣《えんしょう》物資が積まれていた。

これは言ってみれば手土産みたいなもので、残りの半分の輸送機には、米陸軍航空隊の整備兵と整備機材が満載されていたのであった。

この部隊は、アメリカ本土を出発し、アフリカと中東を経由、このインド東部にやってきた。

そしてこの部隊は、作戦に従事する本隊に先駆けて送られた先遣隊に過ぎないのであった。

輸送機部隊は一機の脱落もなくヒマラヤを越え、中国の雲南を経由し、成都へと到着した。

ここは日本軍との前線が近い地域であったが、この世界の日本陸軍の対中国作戦は、ＹＴ予測によって極めて消極的に戦線が維持されている。いや、ギリギリ退却はしないが、戦闘はここ数か月下火になっているほど停滞していた。

中国大陸で無駄に兵力を損耗することを、ＹＴはひどく嫌っている。

何度か戦線縮小の案を出してきたくらい、この戦線に重きを置いていない。

その最たる理由が、中国戦線は間違いなく消耗戦の場であり、実際には太平洋戦域に匹敵する戦費をここで消費しているので、これを極力削りたいというのが、機械予測の指針なのだった。

実際中国は、深入りすればするだけ損耗だけが膨らみ、それでいて抜け出ることの出来ない蟻地獄のような戦場だった。

大本営はしかし、中国戦争を止めることができない。これまでに流してきた多くの血が、呪縛になっているのだ。

それに大陸での戦線が崩壊すれば、東南アジア方面の味方が窮地に立たされてしまう。

仏印は中国と国境を接しているし、香港や上海などにある橋頭保が孤立すれば、他の戦線への影響は計り知れない。

それに、事実上の植民地である満州の存亡もかかっている。

YTは冷静に指針を出すが、頭に血ののぼった陸軍は、これを鵜呑みに出来ず、結果的に現在のような停滞した戦線が生まれてしまったのであった。

アメリカとの開戦前は頻繁に行なわれていた重慶や成都への爆撃は、散発的なものになっていた。

中国戦線の航空兵力は明らかに減っている。

しかし、新機材のおかげで、その数の不利を埋めてあまりある戦力を維持しているから、中国空軍による爆撃は、ほぼ実施されていない。

このため、この方面の日本軍の航空偵察活動は極めて低調なものになっていた。

これもまた、アメリカが有利に作戦を進める要因となってしまった。

成都に到着したアメリカ軍部隊は、ただちに飛行場の拡張整備を開始した。

現状でも大型のＳＢ２爆撃機と言った機体が発着可能な飛行場なのだが、アメリカ軍はこれをさらに拡大し、四〇〇〇メートル級の滑走路をここに出現させた。

その工事が完了したのが七月一〇日の事。

ここで部隊からアメリカ本国に、準備完了の報せが届く。

この報告を待っていたのは、ドーリットルであった。彼は七月一日に大佐に進級し、特別作戦部隊の隊長を拝命していた。

「さあ行こうじゃないか、地球半周の旅に」

ドーリットルは部下たちを集め、作戦機の待つエプロンへと向かっていった。

それは工場をロールアウトしたばかりの大型爆撃機Ｂ24の列線であった。

その一群のＢ24は、他の量産型として完成した機体と明らかに違っていた。

ドーリットルに言わせると、この機体は長距離飛行スペシャルなのだという。

本来前後二枚になっているシャッター式爆弾倉扉は半分しかない。潰された半分の爆弾倉部分には、増加燃料タンクが設置されているのだ。

これによって最大三八〇〇キロであった航続距離は、実測値で五二〇〇キロにまで延伸した。

航続距離が伸びたのは、単に燃料タンクを増やしたからだけではなかった。

極力軽量化を図るため、上部旋回銃座と下部銃座を取り払い、武装は機首と尾部のそれだけに絞られていた。

これ以外にもいくつかの重い装備が外され、合計一トン以上も軽くなっている。これも航続距離延伸の助けとなっているわけである。

この長大な航続距離を使って彼らがまず目指すのは、アフリカ西岸であった。

フロリダをドーリットル隊の一六機のB24が離陸したのは、成都から連絡の入った翌日の七月一一日であった。ここから延べ五日間の長距離移動が彼らを待っている。

その最終目的地は、説明するまでもなく中国成都だ。ドーリットルは、その成都から日本本土を爆撃しようとしているのだ。

だが、日本はこの作戦をまったく感知していなかった。

前に言った通り、YT予測の限界、入力されなかった事象にはどんなに切羽詰まっても予測が出せないという事態に陥っていたのである。

それに、アメリカにはすぐに動かせる海軍戦力が無いという安心感から、入力情報の再精査といったものも行なわれていない。

YT予測は精度の高い予測機械ではあるが、予言機ではないし、ましてや万能の機械でもない。

それでもここまでの戦いは、このYTの存在によって支えられ、大勝を続けてきている。

現在の一呼吸置ける状況も、その勝ちが続いたおかげと言えた。

だからこそ日本軍は、YTへの信頼を揺るがさない。

とにかく、そのYTのおかげでやたら静かになった太平洋線域において、日本軍はゆっくりとだが次の段階に向け動き出していた。

七月一三日、連合艦隊司令部は、新しい作戦計画としてニューカレドニア方面の侵攻作戦を段階的に発動する決定を下した。

「ソロモン諸島攻略は、少し厄介かもしれんな」

作戦の概要が決まった時、山本司令長官がそう口にした。

「敵がこの方面に航空兵力を集中させる傾向が見えていますので、消耗戦に巻き込まれる危険はたしかにありますね」

宇垣参謀長が渋い顔で言った。

「すでにポートモレスビーから爆撃に向かった陸攻隊に、快速で排気タービンを装備した新型のＰ38戦闘機が迎撃に上がってきており、高高度での絶対優位も揺らいでいる。かなりの損害が陸攻隊に出始めているのが気掛かりだ」

「あの双発戦闘機は航続距離も長いようですし、ソロモンには確実に出てきますね」

山本と宇垣が言っているように、すでにオーストラリアの戦線では、Ｐ38ライトニング戦闘機がインターセプターとして活躍を始めており、七月に入ってから陸攻隊に被害が目立ち始めていた。

脱出した乗員はほとんどが捕虜となり、内陸のカウラという辺鄙な場所に造られた捕虜収容所に送られていた。

ちょうど連合艦隊司令部で山本たちが陸攻の被害を話していたこの日も、四人の陸攻乗りが捕虜としてこのカウラに送られてきていた。

七人いたペアのうち、無事に脱出できたのはこの四人だけで、彼らはケアンズ近郊で捕虜となり遠路はるばるここまで運ばれてきたのであった。

「トラックの荷台で丸一日の移動はきつかったですね。せめてクッションが欲しかった」

尻を押さえながら、宛がわれた宿舎に入った武《む》藤《とう》一飛曹が言った。

「まったくだな、完全に尻が割れた」

尾崎《おざき》一飛曹がそう言いながら、バンバンと自分の尻を叩いて見せた。

「冗談に付き合う気分じゃない。いいからベッドを決めてさっさと休もう」

そう言って尾崎の肩を押したのは、墜落した陸攻の機長の瀬沼《せぬま》中尉であった。

この捕虜収容所は、そもそも日本兵の捕虜そのものが少ないこともあり、将校と下士官は同居という形になっていた。ただ兵士は兵士で集められ、大きめの宿舎が宛てがわれている。

「自分はここがいいな」

入り口に一番近いベッドに、豪軍から支給された日用品の入ったずだ袋を投げながら、爆撃手の日村《ひむら》少尉が言った。

「そこ、出入りでうるさそうですよ」

尾崎が言ったが、日村が手を振りながら答えた。

「いいんだよ、宿舎に入って一番手っ取り早く横になれる場所だから」

捕虜になっても、四人は明るく過ごしているようだった。

がやがやとベッドを決めていると、部屋の奥のベッドに腰を掛けていた先客が、四人に声をかけてきた。

「貴様らは航空兵か？」

見ると、その声をかけてきた男は士官らしかったが、豪軍に支給された作業着姿で、首に包帯が巻かれていた。

「ああ、先客がいたのに気づきませんでした。自分は七〇一航空隊の瀬沼中尉です。こいつらは全員、俺のペアの生き残りです」

「尾崎一飛曹です」

「武藤一飛曹であります」

「日村少尉です」

　四人が敬礼しながら挨拶すると、その傷を負った士官は立ち上がり、敬礼しながら答えた。

「岩佐少佐だ。この宿舎は昨日まで俺の専用宿舎だったが、急ににぎやかになったたな」

「いやあ申し訳ない。出来るだけ静かにします。では岩佐少佐は、先任士官という事になりますか」

　岩佐が頷いた。

「まあ、今のところこの収容所では階級が一番上の古株になるのかな。と言っても、俺も病院からここに来て、まだ二週間だ。この収容所自体が、出来て一か月ってところだな」

「はあ、なるほど。ところで少佐は所属は？」

　瀬沼が軽い気持ちで聞いたが、すぐに岩佐の叱責が飛んだ。

「自分の原隊を軽々しく口にするのは、捕虜としてご法度だ。部隊名や、出来たら階級も秘匿するのが望ましい」

　この言葉に、一同ははっとして背筋を伸ばした。

「申し訳ありませんでした！」

　瀬沼が頭を下げながら岩佐に言った。

　岩佐は片手を振りながら言った。

「まあ、仲間内ではそう固くなることもない。敵には絶対、秘密情報を与えてはならん。それだけはしっかり頭に置いておけよ。ちなみに俺は、潜水艦乗りだ」

　ここで日村が、「ん」と首をひねった。

「潜水艦乗りで岩佐……もしや、あの特殊潜航艇の生みの親の！」

　すると再度、岩佐が叱責を飛ばした。

「馬鹿者！　どこに耳があるか判らんのだ、そんな話をするんじゃない。まあ、俺は捕虜になった状況で、敵に半ば正体が割れてはいるのだがな。ここまで機密はいっさい口にせず過ごしている。貴様らも、余分な事は言わないように気をつけてくれ」

四人は真顔で何度も頷き、岩佐の言葉を受け入れた。

そしてここで岩佐は、四人に近寄り声を潜めてこう切り出した。

「ところでおまえさんたち、クラブ活動に興味はないか」

「は？」

全員が首を傾げた。岩佐が続ける。

「退屈な捕虜生活を有意義にするために、俺がこの収容所で作ったクラブがあるんだ。どうだ、そのメンバーにならんか」

「ああ、なるほど」

瀬沼が納得の表情を浮かべた。

収容所では、捕虜は特にやることがない、その暇つぶしと受け取ったのだ。

「野球とかの体育会系ですか、それとも将棋みたいな文化部系でしょうか」

瀬沼が聞くと、岩佐が頰に笑みを浮かべながら言った。

「どちらでもないよ、だがどちらでもある。おもしろいことは保証してやる」

再び一同が首を傾げたが、興味を引く話であるのはたしかだった。

「暇を持てあますよりいいですから、入っても構いませんが」

瀬沼が言うと、他の四人も頷いた。

「自分もいいですよ、どんな活動内容なんですか」

日村が言うと、岩佐がにやーっと笑った。

「そうか、そいつは良かった」

そして続けてこう言った。

「ようこそ、脱走クラブへ」

岩佐の言葉を聞き、四人は互いに顔を見合わせたが、すぐに頬の端に笑みを浮かべたのであった。

なるほど、これは退屈しなさそうなクラブであった。

3

第四研究所で、田伏雪乃は令和世界からの通信を待っていた。

常時繋がっているわけでなく、ある一定の間隔で通信するのが、このところの決まり事になっていた。

この日、七月一八日は、向こうからの連絡があるはずの日であった。

「遅いわね、いつうもやったら、お昼前には回線が開くはずなのに」

壁の時計に目をやると、もう午後一時になろうとしていた。

「まあ、そのうち繋がるやろ。お茶でも入れてまひょ」

そう言って雪乃は、実験室に隣接した給湯室に向かった。

その彼女が離席した時に、時空間通信装置は光を発し始めた。

いつもならここで由佳の呼びかけがあるのだが、この日はなぜか、カタカタといきなり情報通信端末がメッセージを打ち出し始めた。

そして数行のメッセージを打ったところで、通信機の明滅は止まった。

そこに雪乃が戻ってきて、機械から吐き出されたメッセージに気づいた。

「あら、いつの間に」

茶碗を机に置くと、雪乃は用紙を取り上げ、その文面に目を落とした。

「え？　なにこれ？」

それは意味不明のアルファベットの羅列であった。

じっとこれを見ていた雪乃の明晰な頭は、すぐにそこに規則性を発見した。

「文章やわこれ。たぶん何かの暗号、でも由佳ちゃんは、なぜこんなものを送ってきたのかしら」

雪乃は、この文章を送ってきたのが田伏由佳だと疑いもしなかった。

これがまったくの別人からのメッセージだと気づくのには、まだかなりの時間が必要だった。

その時、通信機が再び息を吹き返し、スピーカーから田伏由佳の声が流れてきた。

「こちら令和の田伏由佳、雪乃さん聞こえますか？」

「ええ、ちゃんと聞こえているわよ」

雪乃が答えると、すぐにスピーカーからかなり焦った口調の由佳の声が返って来た。

「すいません、雪乃さん、今日の交信は中止です。本当にごめんなさい」

「あら、何かあったの？」

雪乃が心配そうに聞くと、すぐに返答があった。

「まだ詳細は言えないんです。ただ今日は駄目なんです。明日あらためて交信します。では」

通信はそこでブツっと切れた。

「あら、この変な暗号の事も聞けへんかったわ。まあええわ、明日聞きましょう」

雪乃は入れたばかりのお茶の入った湯呑を持っ

て、実験室へと向かった。

そこでは、新たにある理論を実証するための大型の遠心分離機が組み立ての途中だった。

「これに手を出したらあかん、そう最初は思ったんやけど……」

そう言いながら雪乃は機械へと歩み寄っていった。

「大学の実験室とかに先に手を付けられるより、うちらが最先端を走ったほうが安全なのはたしかやから、やるしかあらへんわね」

彼女が取り組もうとしているのは、核物質の精製と圧縮、つまり核分裂実験へ向けての基礎研究なのであった。

しかし雪乃は、核爆弾の製造には反対だった。

彼女は、核分裂反応による沸騰型原子炉の建設を念頭に置いていた。

無論、原子力発電がその最終目的である。


未来テクノロジーが導入されていくのに従って、日本は深刻な電力不足に悩まされるようになった。

アメリカの空襲が来る前の段階でこの状態では、より高度な技術を要求された場合、工場の稼働は難しくなる。

それを克服するには、百万キロワット超の発電力を持ち、かつ補給なしに持続的にそれを続けることが可能な原子力発電の建設は、間違いなく救国の要となる。

今の段階では、これが本当に実現可能なのか判らない。だがやっておかねばならない研究には間違いなかった。

「いずれ、軍に研究所の大幅増員をお願いしないとね」

とにかく多忙を極める第四研究所の現状を考え、雪乃は呟いた。

この願いは遠からず実現することになるが、その研究所の拡大は、雪乃の監視の目が隅々まで届かなくなることを意味した。

それがどんな結果を招くのか、彼女はまだまったく想像もしていない。

ただ研究者田伏雪乃は、日々研究の忙殺されるのであった。

第四研究所で雪乃が実験を開始していたころ、遠く九州の地では、一機の新型戦闘機が滑走路で発進の準備作業を行なっていた。

そこは海軍大村基地の片隅であった。

「とにかくテールヘビーのせいで前回の飛行ではプロペラを地面接触で曲げてしまったが、こいつを装備したから今度は大丈夫だ」

そう言ってパイロットに説明しているのは、九州飛行機の技師で、彼が示す先には小さな車輪があった。より細かく記すなら、それは滑走路すれすれまで伸びた巨大な垂直尾翼の先に取り付けられており、垂直尾翼は後退角の付いた主翼の左右に二枚、それぞれ翼の上下に突き出ていた。

この飛行機で奇妙なのは、それだけではなかった。まずその機首に、小さな本来なら尾部にあるべき水平翼が取り付けられていた。

その機種はのっぺりとして先が尖り、本来そこに有るべきエンジンとプロペラは、機体の最後部にあった。

先尾翼機、あるいはエンテ翼と呼ばれる形状をした単座戦闘機なのであった。

「これ、引き込まないのでしょう。空気抵抗が気になるな」

海軍の飛行服を着たパイロットが、顔をしかめながら言った。

「大丈夫、たいして影響ありませんよ。絶対出ます、今日こそ七五〇キロ」

技師はそう言って太鼓判を押したが、パイロットは懐疑的な表情であった。

「いや無理でしょう。今日はフル荷重での試験飛行ですよ。燃料満載、機銃に弾薬まで満載。それで七五〇なんて出ませんて」

しかし技師は食い下がる。

「計算では出るんです。エンジンのハ四三—三三は過給機付で二四〇〇馬力、この空気抵抗の少ない機体でなら絶対に出ます。夕飯にお銚子賭けてもいいです」

「賭け代がえらくせこい。自信ないんでしょ、本当は」

「ありますって、じゃあお銚子三本でどうです」

「よし乗った」


そこに、海軍の士官と下士官が数人歩み寄ってきた。

「遅くなりました。試験の監督官の和泉《いずみ》中佐です」

「同じく神谷《かみや》大尉ですよろしく」

後の人間は随員らしく特に挨拶をしなかった。パイロットと技師のやり取りを黙って横で見ていた背広の男が、頭を下げながら言った。

「九州飛行機の梁瀬《やなせ》です。今日はよろしく」

一通り挨拶が済むと、和泉中佐が機体を見つめながら言った。

「これが六か月で完成させたという震電《しんでん》ですか、とても急ごしらえには見えませんな」

すると、先ほどパイロットとやり合っていた技師が口を挟んだ。

「この機体の主任設計士の谷垣《たにがき》です。たしかに製造期間は短いですが、図面段階で完璧に計算がしつくされた機体で、その設計には贅《ぜい》を凝らしてあります。性能的には、世界一と言って良いと保証いたします」

「ここまで三回の飛行じゃ、その性能は引き出しきれてないんですけどね」

横でパイロットがボソッと言った。

「秋山《あきやま》中尉、それは初期の不具合を洗い出しきれてなかったからでしょう。今回の整備は完全です。きちんと予定性能が引き出せるはずです」

谷垣が目を三角にして、パイロットに言った。

「はいはい、判りましたよ。全力でやらせてもらいます」

「真面目にやってくださいよ」

谷垣が言うと、秋山中尉は飛行手袋をはめながら言った。

「こっちだって命がけでやってるんだ、ふざけたりしない。この機体は特殊で、万一の事態には脱出装置で射出されるとはいえ、事前にプロペラの爆破を忘れたら、俺はその背中にあるプロペラでずたずたに引き裂かれてしまう。こんな危険な飛行機はほかにない」

そうなのだ、プロペラが背後にあるから単に脱出しただけだと、パイロットはプロペラに巻き込まれてしまうのだ。

そこで安全のため、脱出直前にはプロペラを軸ごと爆破し吹き飛ばし、かつ座席全体を火薬で撃ち出す仕掛けになっていた。

ここまで凝った脱出装置は、海軍始まって以来と言えた。

「まあ、その脱出装置を使用しないで済むことを願います。では飛行指揮所に移動します。発進の準備をお願いします」

和泉たちがピストに移動すると、ただちに震電のセルモーターが始動し、大馬力エンジンに火が入った。

一八気筒複列星型エンジンには、ターボ加給を行なう排気タービンが装備され、機体の下面にそのダクトがむき出しになっていた。

コックピットに収まったテストパイロットの秋山は、エンジンの回転を確認し、暖機運転の必要なしと判断、両手を振って車止め《チョーク》を外すよう合図した。

整備兵がウッドブロックのチョークを外すと、震電はスルスルと滑走路に侵入していった。

秋山はすぐに無線機を調整し、大村の管制官を呼んだ。

「テの一番離陸準備完了、発進許可を願う」

すぐに応答があった。

「周囲に機影無し、離陸してください。離陸後は指定の空域に進空願います」

「了解」

秋山をキャノピーを閉めると、スロットルを開き滑走を始めた。

通常の単発機はエンジンにぐいぐい引っ張られる感覚で離陸していくが、この震電は文字通り、背中を押されながら加速していく。

その加速感は、ほかでは味わえない独特のものであった。

「くそ、重いからなかなか上がりゃしねえ」

秋山が毒づく。

この日の試験飛行は、武器燃料満載のフル荷重状態で行なっている。

前回の飛行ではスイっと上がったと記憶しているが、今回は滑走路の三分の二まで進んでようやく前輪が浮いた。

操縦桿を引くと、目の前で水平翼のラダーが動く。実に奇妙な感覚だ。

無事に離陸した震電は、そのまま基地の北側上空に設定されたテスト空域へ向かった。

飛んでしまうと、鈍重な感覚は払拭された。試しにスロットルを開くと、前回とは比べ物にならない鋭い加速が感じられた。

「おっと、こりゃお銚子おごる側にされるかな」

ちらっと確認すると、すでに震電は時速六〇〇キロを突破していた。

このまま最高速試験に突入しようかという時であった、秋山の耳に信じがたい通信が飛び込んできた。

「五島電探監視廠より緊急。敵と思しき大型爆撃機およそ一五、東シナ海を進空中、編隊の目標は佐世保あるいは小倉地区と推定される。敵編隊はあと二〇分で、五島上空を通過の見込み。佐世保までの到達予想時間三〇分弱。現在飛行中の作戦機があったら、ただちに迎撃せよ」

「なんだって！」

秋山は目を丸くして周囲をキョロキョロと見まわしたが、現在高度六〇〇〇から見る限り、友軍機の機影は皆無であった。

「こ、こりゃあ、やばくないか」

秋山の頭が必死に計算をする。

現在、敵編隊にもっとも近い航空基地は、この大村と陸軍の新田原である。

その大村には、零戦が数機しか配備されていない。そもそも海軍は本土防空に重きを置いていないのだ。

頼るべきは陸軍。だがその状況はまったく摑めていない。

　秋山は慌てて無線に問いかけた。

「こちらテの一番、陸軍基地は対応しているか？」

　すぐに返答が来た。

「まもなく鍾馗六機が発進するとのことだ」

　足りない。秋山が奥歯を噛みしめた。

　敵は一五機、いや実際には一六機いるのだ、大村の零戦を加えても、満足いく迎撃体制とは言えない。

　その時、彼は思い出した。

　今日の試験はフル荷重のもの。つまり、今この試作機は完全武装の状態にあるではないか。

　秋山はマイクに向かって叫んだ。

「テの一番、これより敵機迎撃に向かう」

「えっ！」

　管制官が思わず声を上げた。

　それはそうだ、試験飛行中の飛行機が敵の迎撃に出向くなど聞いた事がない。

「テの一番待て、試験飛行中だ、無茶をするな」

　だがこの時すでに秋山は、機首の四門の機銃の試射を終えていた。

　二五ミリ機銃は、四門ともアイスキャンディーのような赤い曳光弾を吐き出してみせた。いける。そう確信した秋山は管制官を無視して、震電の機首を敵が進撃してくる方向へと向けた。

　一刻を争う状況、秋山はフルスロットルで震電を飛ばす。

　この時、敵に気を取られ、秋山は速度計を読んでいなかったが、震電はついに時速七五〇キロに到達し敵機目掛けて驀進した。

　この状況を五島に設置されたレーダー監視廠の係官はスコープ上で見つめ、まるで矢のようにすっ飛んでくる味方機があると周囲に叫んだ。

秋山機は、敵編隊に向け、ぐんぐんと迫っていった。

この時、九州を目指して飛んでいたのは無論、ドーリットル率いるＢ24の編隊であった。

マイアミを発ったドーリットル隊は、大西洋を飛び越えセネガルに入った。そこで補給を受け今度はエジプトのカイロ郊外へ、そこで整備と補給をしてインドのカルカッタへ向かい、そこから最終目的地である成都へと入った。

現地では先乗りしていた整備兵たちが待ち構え、機体を万全に整備したうえで燃料をフル補給し、ついに東シナ海を越え、日本の佐世保と小倉に爆撃を敢行すべき飛び立った。

この地球を半周以上した飛行で、搭乗員は疲れ切っていたが、情報が漏れるのを恐れドーリットルは日を置かずに、成都到着の翌々日に作戦を決行した。

それがつまり、この一九四二年七月一八日だったのだ。

編隊は一機も欠けることなく、ここまで飛行を続けてきた。

実はＢ24はかなりデリケートな機体で、故障を起こしやすかった。それが大きなトラブルなく日本まであと少しという地点まで飛んでこれたのは、この作戦に選抜された将兵が極めて優秀だったからであろう。

特に爆撃機の搭乗員は、志願者を一人一人ドーリットル自身が試験をし、長期の作戦に耐えられると判断した者だけが選出されていた。

あと一〇分も飛べば、九州の海岸線が見える。そんな位置まで飛行した時だった。

先頭を進むドーリットル機のナビゲーターが、急速に接近してくる一機の小型機の影を発見した。

「敵の迎撃機のようです」

報告を受けたドーリットルが操縦席から望見したが、単独で突っ込んでくる小さな機影にふっと笑みを漏らした。

「一機で何ができる。恐るるに足りんな」

ドーリットルは編隊の各機に対空戦闘準備だけを命令し、進路や速度などは特に変更しなかった。

このドーリットル隊にまっすぐ突っ込んできたのは、大村から急行した秋山の震電であった。

「でけえ」

敵の姿を確認した秋山が目を丸くした。

無理もない、Ｂ24の翼長は三五メートルもあるのだ。これは現在、海軍が保有するどの大型機より長い。

この日まで太平洋戦線には、Ｂ24は登場していなかった。

日本国内にはフィリピンとポートモレスビーで鹵獲したＢ17が全部で一二機も運び込まれ、この機体を使った戦闘機乗りの対重爆攻撃訓練なども行なわれ、四発重爆の姿自体はかなり見慣れてきていたのだが、Ｂ24の機体はそれよりも一回り以上大きかったのだ。

しかし、秋山はそのシルエットを見て、ある事に気がついた。

翼が異様に長いが、その幅はかなり細い。

これは、あの重爆の欠点ではないのか？

彼の直感は正しかった。

アスペクト比の異様に高いＢ24は、その主翼自体が脆《もろ》く折れやすかったのだ。

ぐんぐん迫った敵を前に、秋山は自分の直感を信じることにして、先頭の重爆の主翼付近に向け突撃を敢行した。

この時になってドーリットルは、迫りくる敵機が異様な姿をしている事に気が付いた。

「何だ、あの機体は。見たことのない恰好だ」

推進式プロペラの機体はアメリカでも実験をしていたが、実用化したものはない。それだけに震電の姿は奇異なものとしか思えなかった。

しかもその奇妙な戦闘機は、目測でも判るくらい馬鹿速かった。

機首の機銃を操っていたナビゲーターが悲鳴を上げた。

「速すぎて狙えない！」

この時、震電の照準器は、ドーリットル機の主翼付け根付近を捉えていた。

「喰らえ！」

トリガーを引くと、四門の大口径機関銃が火を噴き、B24の機体にガンガンと命中し火花を散らした。

震電は本来三〇ミリ機関砲を四門装備する予定の機体であった。

ところが、機体はあっさり完成したのに、肝心の武装がまだ出来ていないという状態になった。

海軍で採用予定の三〇ミリ機関砲は、陸軍のそれと違い射程の長い長銃身の高射速のものであったが、試作に大きく躓《つまづ》いていたのである。

これは令和世界で、この機関砲に関する細かい図面などが発見できなかったせいである。

載せる武装が無ければ、戦闘機は完成しない。

そこで九州飛行機は、急遽海軍の対空機関砲である二五ミリ機銃を基に搭載機銃を拵えた。

この銃はもともとが高射機関砲であるから、威力は抜群である。

立て続けに命中した機関砲弾は、あっという間にB24の主翼を火に包んだ。

「しまった」

ドーリットルが敵の火力が絶大だと悟った時には、すべてが手遅れだった。

破綻は突然訪れた。

ドーリットル機の主翼は、あっけないほど簡単にぽきっと折れた。

爆弾を搭載したB24は重心が下側に偏るため、高翼式主翼の片方を折られたことで、ドーリットル機は水平きりもみ状態となって落下した。

ここから乗員が脱出するのは極めて困難だ。

実際、ドーリットル機からは一つのパラシュートも開かなかった。

いきなり初撃で隊長機損失、この事態に編隊は慌てたが、もう日本は指呼《しこ》の間だ。ただ一機の戦闘機に翻弄されて目的を見失ってはならない。

編隊各機は懸命に機銃を放ち、秋山の震電を牽制しながら佐世保へのコースを突き進む。

「くそ、単機ではあまりに無力だ、だが、ぎりぎりまでやらにゃ、男が廃《すた》るってもんだ」

秋山は敵編隊上空で旋回し、今度は第二編隊の左翼機に狙いを定め、攻撃を仕掛けた。

高速を利しての一撃離脱。震電の戦法としてこれ以上ない理想の攻撃方法を、秋山は無意識に選択していた。

この攻撃は敵の右エンジン二基を破壊。この機体も、たちまち火を噴き落下を始めた。

「脆弱だな、見かけによらず」

自分の使っている武器が威力抜群であることを棚に上げ、一撃で落ちていく敵機に秋山は少し呆れた。ポートモレスビーを巡る戦いでは、零戦の二〇ミリ機銃を使用してもB17爆撃機を墜とし切れない事案が多数発生していた。

もしB24を攻撃していたのが二〇ミリ以下の武装しかない機体だったら、こうも簡単に相手を屠《ほふ》れなかったろう。

そもそもが令和の過去において、対重爆用のB29ハンターとして生まれた震電、それを時空を超えてフルコピーさせた機体であるのだから、B24ごときをあっさり撃ち落とせても当然なのだと言える。

秋山はまたしても機体を切り返し、三度目の突撃を仕掛けた。

これも命中弾多数を与えたが、狙いが胴体にずれたためか、一撃では墜とせなかった。

「胴体はいまいち手応えがないか……」

今度は上からの攻撃。

別の機体を狙って慎重に攻撃を加えると、これは左翼の内側エンジンを火だるまにし、そのまま編隊から脱落させることに成功した。

おそらく長い時間は飛んでいられないであろう状況が、横眼に見えた。

「あれは撃墜確実か」

再度上空まで駆け上がった時、秋山は気づいた。

「くそ、もう残弾がほとんどねえ」

しかし躊躇している暇はない。

もう一度ダイブして敵機を照準環に捕らえた秋山は、機銃のボルトが空撃ちをするまでトリガーを引き続けた。

狙われた敵機は、操縦席付近に命中弾を受け、ガクンと機首を下げ落下していった。

震電の戦いは、ここで閉幕となった。

敵機四機撃墜、一機大破。

これは立派な大戦果だ。

しかも、敵の隊長機を屠っている。

だが残った一一機の無傷のB24は、佐世保の海軍基地を目指し進撃を続け、ついにその爆弾倉を開いたのであった。

日本時間の昭和一七年七月一八日午後二時一七分、この戦争で米軍機による初の日本本土空襲が敢行された。

それは、鷹岳省吾と田伏雪乃が必死になって避けたいと願っていた事象だった。

そのためにYT予測機で連日計算を繰り返し、血で血を洗う戦闘の末に、これまで回避を成し遂げてきたはずの事態。

だが結局、それは徒労に終わった。

米軍機襲来の報に、トラック島の大和艦上に居た鷹岳省吾は、ガラガラと何かが心の中で崩れていくのを感じた。

防げたと信じていた事態が起きてしまった。

その一事が、彼の中に大きな傷を作ったようだった。

これは、舞鶴の田伏雪乃も同様だった。

自分のやってきたことが徒労だったのではないかという疑念が、彼女を強く捉えた。

この衝撃のせいで翌日、雪乃は由佳との交信でも、半ば上の空でしかやり取りが出来なかった。

本当ならここで、一八日に由佳の身に何が起きたのかを聞いておくべきだったのだ。

いいや、たとえ聞いても、雪乃には何もできなかったかもしれない。

しかし、ここで由佳の、そして令和の新井研究室に何が起きているのかを知っておくことで、その後の彼女の心の安寧は保てたかもしれない。

つまり、この日起きたことが、この世界の戦争と田伏雪乃の将来に対し、大きな変化をもたらすきっかけとなったのであった。

ただ戦史にはこの日、九州に空襲があり、佐世保と小倉で小規模な被害があって、死傷者数十名が出た事と、敵機は最終的に九機が逃走に成功し中国本土に戻った事だけが記された。

そしてアメリカではついに、本格的反撃作戦が成功したことが高らかに宣伝され、戦死したドーリットル大佐は英雄として讃えられた。

このおかげでアメリカ世論は、少しだけ前向きなものへと変化し、戦争はよりいっそう本格化していったのである。

つまり、単純に日本が勝てなくなったという意味でも本格化したことになる。


ＹＴ予測室を巡る見方にも、明らかに変化が起きようとしていた。

この段階でもう鷹岳は、戦争の結末は誰にも予想できないのではないかと強く思い始めていた。

しかし、その見えない結末の先にも、人々が生きる時間線がある事に彼は気づいていなかった。

まさかこの先、その未来からの、いや正確には見知らぬ未来からの干渉があるなどと、まだ気づいていなかったのである。

鷹岳省吾、そして田伏雪乃と田伏由佳。

それぞれが居る時空が交錯した世界は、その先に新たな混沌を生み出していたのであった。

VICTORY NOVELS　ヴィクトリー ノベルス

超時空AI戦艦「大和」(2)

無人攻撃隊突入せよ！

2024年3月25日　初版発行

著　者　　橋本　純
発行人　　杉原葉子
発行所　　株式会社 **電波社**
〒154-0002　東京都世田谷区下馬6-15-4
TEL. 03-3418-4620
FAX. 03-3421-7170
https://www.rc-tech.co.jp/
振替　　00130-8-76758

印刷・製本　中央精版印刷株式会社

ISBN 978-4-86490-252-6 C0293